三星京香の殺人捜査

松嶋智左

ハルキ文庫

角川春樹事務所

三星京香の殺人捜査

××新聞　六月三日夕刊

　3日、午前3時ごろ、S県久尾《ひさお》郡静浜《しずはま》鉄道の久尾駅付近にて人身事故が発生。事故車両は始発の上りで、久尾駅の手前1〇〇メートルほどの地点で線路上に人影が見えたため緊急停車したが間に合わず衝突。その場で死亡が確認された。被害者は20代から30代前半の女性と見られるが、身元はまだ明らかになっていない。現場は両側が山林で1メートルほどの高さの柵《さく》に囲まれており、被害者はなんらかの事情から乗り越えて線路内に侵入した模様。運転士の話ではレールを跨《また》ぐ格好で横たわっていたという。この事故の影響で久尾線は上下線ともに1時間半ほどの遅延が発生した。

1

六月十五日木曜日午後十一時二十分。

葛貴久也《かずらきくや》の運転するブラックサファイアカラーのBMW530eは、ようやく高架橋に差しかかった。

予定外に遅くなったため、夕食も満足に摂《と》っていない。すきっ腹を誤魔化すための砂糖入り缶コーヒーをひと口飲んで、窓を少し開けた。涼やかな夜風が心地良く、これもご馳《ち》走《そう》とばかりに深呼吸する。

坂道でアクセルを軽く踏み込んで、事務所での光景を思い浮かべる。

貴久也はS県下で大手に入る、うと法律事務所の副代表をしている。その貴久也が受任した案件で、四回目の公判を翌日に控えていた今夕、一人の年配の男性が突然アポイントもなしに訪ねてきた。男は元の色がどんなかわからなくなった年季の入った作業着を着ており、爪《つめ》の汚れを何度もタオルで拭《ぬぐ》いながら頭を下げた。

『どうしても証言しないといけないでしょうか』

誠実そうな目が潤んでいるのを見て、貴久也は常にない焦りを覚えた。

長い時間をかけて丁寧に説明した。相手の気持ちを汲《く》みながら説得し、会社のためでもあるのだといって、ようやく心を決めてもらった。わかりました、と頷《うなず》き返してくれたときは、心底安堵《あんど》した。公判直前になって不安になったり、怖気《おじけ》づいたりする証人は少なくない。誰《だれ》だって、自分の雇用主のことを公の場で悪くはいいたくないだろう。ましてや本人が目の前にいるのだ。もちろん、そういった証人のメンタルまでもフォローするのが弁護士の仕事だが、今回は単純な案件と油断していた。

原告らは不当な労働を強いられ、サービス残業が常態化していて正当な対価を得られない状況にあった。抗議すると、だったら辞めてくれていいといわれる。そうなれば社宅として利用しているアパートを即座に追い出されることもあって、なかなか強い行動に出ることができなかった。だが、無理な労働で体調を崩す人間が続き、とうとう反旗を翻した。

話し合いに応じない雇用主を被告、労働者らを原告として、貴久也が原告側訴訟代理人を引き受けた。明日の公判では、雇用主の父親の代から勤めていたという最古参の職人に証言台に立ってもらうことになっている。二代目をあと押ししなくてはという気持ちがあったため、職人はこれまでの話し合いや争議に加わらず、横目に見ながらも沈黙を通していた。だが、意外というか当然というか、雇用主はそんな職人の厚意など露ほどもありがたがらず、単に年配の口うるさい雇い人という程度に考えていることを知った。そんなこともあって、ついに貴久也の説得に応じてくれることになった。最古参ということもあってか仕事に限らず多方面に目が行き届いていて、職場の労働環境の劣悪さ、収支決算における人件費のからくりなどにも通じていた。この証人の証言ひとつでこの裁判の勝敗が決まるといっても過言ではなかった。それだけに周到に用意し、気を遣ってきたつもりだったが、よもや証人があれほど悩んでいたとは思ってもいなかった。職人の先代への恩義の深さがどれほどなのか、肝心な点をわかっていなかったのだ。自省しなくては。

事務所の代表である父親の道比古《みちひこ》に今日のことをいえば、半端な仕事をするなと眠たげな目を鋭くして睨《にら》みつけることだろう。

そう考えると空腹の胃がなにやら重たく感じられる。道比古は今夜、どんな予定だったか、自宅に帰っているだろうかと考えているとき橋のなかほどを越えた。

いきなりライトの前に白い姿が躍った。反射的に手と足を同時に動かし、急ブレーキをかけながらハンドルをいっぱいに切る。タイヤが路面を擦《こす》る耳障りな音を上げながら、幅三メートルほどの車線上で車は斜めになって停《と》まった。対向車がきていたら大きな事故になっていただろう。ほっとする気持ちはなく、車体が滑っているときに感じた、なにかと接触する感覚に恐怖が湧《わ》いた。当たったたか。

貴久也はドアを開けて飛び出す。車のサイドへと回ると、道の上に人が座り込んでいる影が見えた。

「大丈夫ですか」

小さく呻《うめ》く声があった。息があることに安堵しながら、ポケットからスマホを取り出した。

「じっとしていてください。今、救急車を呼びますから」

「いや、いい」

予想外に強い声が返ってきて、はっと目を上げる。アスファルトの上で片膝《かたひざ》を立てて座り込んでいる男は、七十代くらいだろうか、暗がりに白目がはっきりと見えるほど大きく見開いて貴久也を見つめていた。

「救急車は呼ばなくていい。わたしが悪いんだ。気にせんでくれ」

「え、いや、そんなわけには。怪我《けが》は？　どこか打っていませんか」

立ち上がろうとする男に慌てて手を伸べ、腕を取った。細身で痩《や》せていると思ったが、握った感触は筋肉質のもので、ズボン越しではあるが脚もひ弱な感じがしない。そうはいっても、やはりどこか痛めたのだろう、足元をよろつかせた。

「とにかく病院へ」

そういう貴久也の手を振り払い、必要ない、という。そのまま歩き出そうとするのを見て、「いや、そういうわけにはいかない。あとになって重篤な容体に陥る可能性もありますから、手当をしてきちんと検査を受けてください」と叫ぶように告げる。

「ずい分、畏《かしこ》まったいい方をするんだな」

男は振り返って歯を見せた。貴久也は素早く車に戻り、上着のポケットから名刺を取り出すと男に渡す。

「弁護士さんか。なるほど、どうりで」

「ええ。自分可愛《かわい》さと思っていただいて結構ですので、とにかく手当を」

「なら、絆創膏《ばんそうこう》でもしてもらおうか。転んだ拍子に手を擦《す》りむいた。それだけでいい」

「絆創膏？　あいにく持ち合わせがない」

「そうか、なら」

「いや、家はもうすぐですから車に乗ってください。手当をしましょう、さあ」

そういって腕を取ると、男は肘《ひじ》を引き寄せて嫌がる風をしたが、どこかが痛んだのか顔を歪《ゆが》めて力を抜いた。貴久也はそのまま抱えるようにして車まで行く。

母は就寝中だったが、一階の不穏な気配を感じたらしく起きてきた。事の顚末《てんまつ》を聞いて顔色を変えるが、自身も長く弁護士として勤めていたせいか、すぐに落ち着きを取り戻すと、息子の代わりにあれこれ処置をし始めた。

リビングルームのソファに座った男は、そんな母親を眩《まぶ》しげに見つめ、なぜか指図されるまま大人しく手当を受けた。

お茶の用意をするといって母が部屋を出ると、貴久也はまた同じ言葉を繰り返す。だが、男は母親に相対したときの素直な態度を消し去り、再び硬化させた。

「いらん。病院なぞいっても仕方がない」

「どういう意味ですか」

「どうせ長くない」

「なにか深刻な病気でも？　もしそうなら余計」

「違う。そうじゃない。ただ」

「ただ？」

男はひととき貴久也の顔を見て、なぜか恥じるように俯《うつむ》いた。ぼそりとなにかいった気がした。なんですか、と聞き返そうとしたとき、母がトレイに熱い紅茶と菓子を載せて戻ってきた。

「ありがとう、母さん。あとはわたしがするから、休んで」

「そんなわけにはいきませんよ」

そう答え、ガラスのローテーブルにカップを置いた。「道比古さんにも連絡してすぐ戻ってきてもらいましょうか」

紅茶に手を伸ばしかけていた男が動きを止めた。一瞬、そう見えたが、すぐにありがたそうに両手で包むようにして持ち上げる。勘違いだったかと貴久也は、母を振り返って、

「親父《おやじ》の今夜の予定は接待？」と訊《き》いた。

「ええ。顧問先の方との会食だそうで、事務所から帰るとすぐにタクシーで出かけました。そろそろ戻ってくると思うのだけど」

「いいよ。別に親父がいたからどうということはないし」

とにかく、と貴久也は改めて男と向き合う。顔色はずい分、良くなってはいる。だが、こういった事故の場合、あとからどのような事態が出来《しゅったい》するか予測できない。

「ちょっと」と男は不安げな表情を浮かべた。

「はい、どうしました？　痛みますか」

「いや、そうじゃない。ちょっともよおした。手洗いを借りたいんだが」

貴久也が立ち上がるより早く母がすっくと立ち、どうぞこちらへ、と手で招く。男は両肩を落としてとぼとぼドアまで歩くと、母親に軽く顎《あご》を振るようにして廊下に出た。すぐに母だけが戻ってきて、貴久也に矢継ぎ早に問う。親である自分が手を貸さねばと思っているらしいが、四十二にもなる息子になんの手助けかと思う。思うが、独身の上にいまだ実家暮らしだから、母親にしても子どもという枠から外し兼ねるという葛藤《かっとう》もあるらしい。

「ご家族に連絡した方がいいんじゃない？　連絡先は聞いたの？　どちらにお住まい？　乗り物は自転車？　車？」

お名前は？　と口にしたとき、ようやく貴久也がなにも聞いていないとわかったらしい。

呆《あき》れ顔を前に貴久也は頭を掻《か》いてみせるしかないが、誤魔化すように、「遅いな」と呟《つぶや》いてみる。母もそうねという。二人揃《そろ》って廊下の奥のトイレに行きかけると、反対側から玄関扉の音がした。父親が帰宅したならタクシーの音が聞こえただろうし、扉に鍵《かぎ》が掛かっていないのを不審に思って声をかけるだろう。貴久也はだっと駆け出し、男の靴がないのを見つけて外に出た。

目の前には前庭があり、タイル敷のアプローチが門まで続く。青銅色の門扉《もんぴ》を潜《くぐ》って出てゆく男の背が見えた。

「待ってください」

すぐにあとを追ったが、運悪く大通りに出たところでちょうどきたタクシーに乗り込まれた。窓越しに目の前を過《よぎ》ってゆく横顔を見て、貴久也はなぜか先ほど聞き逃した男の言葉が耳に蘇《よみがえ》るのを感じた。

『母親似なんだな』

タクシーは整備不良らしく赤いテールランプのひとつが消えている。ひとつしかない灯《あか》りを見て、なぜだか沈みゆく陽《ひ》と入れ替わりに現れる宵《よい》の明星を思い、貴久也はしばらく立ち尽くしたのだった。

2

「え。また三星《みつぼし》さんと一緒にですか」と思わず芦沢夢良《あしざわむら》は抗議の声を上げた。

民事専門の田塚《たづか》宏美《ひろみ》弁護士は、小さな丸眼鏡《まるめがね》を押し上げて、不思議そうな顔をする。おかっぱ頭で鼻の周囲にそばかすがある四十代半ばの既婚者で、うと法律事務所に勤めて十六年になる中堅アソシエイト弁護士だ。

その田塚が新規で離婚調停事件を引き受けたことで、パラリーガルの夢良が補助に入るようにいわれた。

依頼人は青柳邦広《あおやぎくにひろ》、二十九歳。ＩＴ会社勤務。五月ごろ調停を申し立て、これまで他の事務所の弁護士が対応していたが、その弁護士と意思疎通がうまくいかないことから、新たに捜していたところ、うと法律事務所の評判を聞き、訪ねてきたらしい。それを田塚が受任したということだ。

「あら、嫌なの？　芦沢さんて、三星さんと仲がいいのだと思っていた」ほら、藤原《ふじわら》先生の事件のとき、と言葉尻《ことばじり》を弱めてゆく。夢良も気弱に目を瞬《まばた》かせた。

事務所の若手弁護士が巻き込まれ、殺害される事件が起きてから、まだ一年にもならない。元県警捜査一課の刑事だった三星京香《きょうか》が、藤原弁護士と幼馴染《おさななじみ》であったことから、このうと法律事務所の調査員として働き出し、その矢先に事件が起きたのだ。京香は見事犯人を捜し出し、解決に導いた。その際、藤原にほのかな思いを寄せていたパラリーガルの夢良が、不本意ながらもペアを組んで犯人を追ったのだ。

「別に仲がいいわけではありません」

「そうなの？　でもよく一緒に仕事しているじゃない。先生方のあいだでは二人はいいコンビだってことになっているから、今回もお願いしようと思ったんだけど」

そうなんですか？　と一応、不思議そうな顔をしてみせる。確かに、そういう誤解が定着しつつあるのは感じていた。けれど、決して京香と仲がいいわけではない、むしろ警察嫌いの夢良にしてみれば、一番距離を置きたい相手なのだ。だが、仕事をする上でそんな個人的な好悪は通らない。

「わかりました。それで相手方の申立て事実の真偽を調査するんですね」

「そうなの。詳細はここに書いてあるから、あとで読んでちょうだい。とにかく、このまま離婚調停が不調になって審判、裁判へとなるようなことだけは避けたい、それが依頼人の意向なの。なんとか調停で決着をつけたい」

「はい」

うと法律事務所は、藤原弁護士の事件が起きる前までは、大手顧問先を多数抱える県内でも有数の法律事務所だった。事務所も高層ビルのワンフロアを借り切って、ボス弁である代表、副代表のほか、アソシエイト弁護士八名、夢良のような弁護士を目指すパラリーガル八名、アルバイト二名が働いていた。

しかし事件後、最大の顧問先を失うことになり、事務所のあった駅前の高層ビルもその企業の持ち物であったため、追い出される羽目となった。今は駅から少し距離のある住宅地の一角にある、五階建ての中古オフィスビルに事務所を構える。隣に低層階のマンション、介護施設、斜め向かいには製版の工場があってシャッターは下りているが、機械の稼働音がいつも聞こえる。

一応、ビルの最上階で、壁紙を張り替えるなどのリフォームはした。それでもビル全体から醸し出される古色蒼然《こしよくそうぜん》とした雰囲気はいかんともしがたく、エレベータなど上がるときにひと呼吸間を置く感じがどうにも不安で、夢良はずっと階段を使っている。同じように京香も階段を駆け上がっていると知ったときは、複雑な思いではあったが。特に、あっちは単に体力作りのための階段利用であるからなおさらだ。

その京香は今、別件で外に出ている。

夢良は書類を手にしながら、事務所の代表、副代表の執務室に並ぶ、大きな窓のある小部屋へと近づいた。なかは法律事務所とは思えない色彩と明るさに満ちている。絵本や玩具《おもちゃ》、小型遊具がカーペットの上に置かれ、今、幼稚園児と保育園児の二人が人形遊びをしていた。窓から覗《のぞ》く夢良に気づいて、二人が笑顔を見せてくれる。思わず手を振った。

事務所の副代表である葛貫久也が、幼い子どもを抱える所員が心置きなく働ける環境作りというコンセプトを掲げて造ったキッズルームだ。うちの事務所にも子どもを持つ弁護士、所員は少なくない。保育園からここへ直行してきた三星つみきが、立ち上がって夢良の側《そば》にやってきた。窓越しに人形を見せてくれるようで、目を近づけると胸のところに名前が入っている。「むら」とあって、ぎょっとする。よく見れば手作りらしく、糸はほつれ、手足の長さもバラバラだ。極めつけはその顔で、眉《まゆ》も目も黒い糸一本で縫われただけで、共に吊《つ》り上がっていた。思わず口がへの字になりかけるが、可愛いつみきが怪訝《けげん》そうに首を傾《かし》げるのを見て、慌てて堪《こら》える。そこに、ただいま戻りました、といって京香が出先から帰ってきた。

「妻側からのDVねぇ。まあ、ないわけじゃないけど珍しいわよね」

田塚弁護士からいわれたことをそのまま伝えると、京香は夢良のデスクにもたれながら渡された書類を繰り始めた。離婚調停事件の相手方を有責配偶者として、離婚の申立てをしているのだが、その理由のひとつがDVだった。

夢良は横目に京香を見ながら、手作り人形のお返しとばかりに、「今どきは女性も暴力をふるいますから」と無表情にいう。京香はちらりと視線を向けるが、こちらも表情を変えずにスルーした。

今年三十二歳になる京香はバツイチで、つみきという五歳になる娘を持つ。県警の巡査部長であったが、一課の刑事をしているときに後輩を庇《かば》って上司に暴力をふるい、依願退職したという経歴があった。詳しい話は聞いていないが、どうやら上司が後輩に対してセクハラまがいのことをしたのに頭にきて、つい手が出たということらしい。それも顔面を平手でなく、拳《こぶし》で殴った。

「加えて双方、不倫をしているといい合っている。これはよくあるパターンよね」

そういって京香は書類を夢良のデスクの上に置く。

「たとえそうであっても、我々はあくまでも依頼人、つまり夫側ですから」

「わかってます。とにかく妻の有責事項を明らかにしろってことでしょ。どうする？」

「はい？　なにがですか」

「さっそく今から行く？　奥さん、青柳理絵子《りえこ》さんだっけ、資料を見たら今日は七時までヨガのレッスンでしょ。浮気をしているなら、そのまま合流する可能性もある」

はあ、といって肩を落とす。いつも仕事を終えたらスポーツジムで軽く汗を流し、自宅に戻って司法試験の勉強をするのが日課となっている。なるたけそういうルーティンは崩したくないのだが。目を上げると京香はすでに仕度をして、キッズルームにいるつみきに話をしている。今日は、弁護士の川久保《かわくぼ》が残業するようで、息子の礼紀《れいき》くん共々、つみきを引き受けてくれるらしい。遅くなるようなら、そのまま川久保が自宅へつみきを連れて行き、京香の迎えを待つ。ここ半年のあいだで、そんな目の離せない子どもを持つ親同士の協力体制が瞬く間に敷かれることになった。

そこに副代表である貴久也までもが参加する。独身でありながら子ども好き、相手をするのが少しも嫌でないらしく、都合のつかない弁護士やパラリーガルに代わってお迎えや居残りを申し出てくれる。更には、昼の就業時間帯ですら、気づくとキッズルームに入り浸っていて、打ち合わせ会議が始まるのにと、他の弁護士らを困らせたりもした。

今の事務所は一応、ワンフロアを使っているが、平米数など以前の半分以下だ。ただ、小さな子どもがいても時間を気にせず働けるという充実した福利厚生が喜ばれているらしく、今のところ不平不満の声は聞かない。京香も、最初こそ定時退社を希望していたが、今は好きなように働いている。それはそれでどうかと思うが。

アクティブイエローという京香らしい色のハスラーの助手席に乗り、夢良はシートベルトを締める。すぐに持ち物チェックを始めた。スマホ、コンパクトカメラ、双眼鏡、懐中電灯、メモ、筆記具、マスク、サングラス、ニット帽。そこまで確認したところで、隣から忍び笑う声が聞こえ、きっと睨みつけた。

「ちょっとぉ、この季節にニット帽って。変装用ということかもしれないけど、夜にサングラスっていうのもね」口元を弛《ゆる》めたまま、京香はなおもいう。「第一、その派手な上着じゃあね。努力は認めるけど」

夢良は無表情を装い、襟《えり》の部分を返してみせた。

「リバーシブルですから」

京香はハンドルを切って、駐車場から道路へと出る。ちらりと横目で、夢良のオレンジ色のジャケットを見、裏がライトブラウンであるのに苦笑いするように頷《うなず》いた。

パラリーガルは弁護士の右腕ともいわれ、裁判用の書類の作成から依頼人・証人の聴き取り、相手方との打ち合わせなどほぼなんでもする。弁護士との違いは、単に法廷に立てるか否かだけではないかともいわれている。だから夢良のように司法試験合格を目指す司法浪人がその仕事に就くのだが、実務を学べる反面、試験勉強がおろそかになるというデメリットがある。当然ながら、勉強に集中した方がいいのだが、父を早くに亡くした夢良は卒業すると同時にうと法律事務所に就職した。本来、富裕な家庭の育ちなので働く必要はないのだが、そういう甘えは良くないと自身を厳しく律している。そんな夢良を京香は、バカにしたように真面目《まじめ》ねというが、真面目でなにが悪いのだろう。

「そんなだと、いいように使われる」と京香は元刑事らしく貧相な考え方をするが、夢良なりに納得していることだ。

いいようにというのは、本来なら調査会社がするようなこういった仕事のことだろう。

京香が入ってから外注せずに事務所内でできる限り対処するようになった。以来、パラリーガルやアルバイト、ときには弁護士までもが京香と組んで外へ出、実地で調べて回る。当然、仕事量が増えるわけで、余り喜ばしいことではないのだが、そのお陰で必要経費がかなり削られるという利があった。大手顧問先を失った今、それは非常に大事なことで、みなわかっているから黙って従う。

そんな現状だが、最近の夢良はこういった調査仕事をそれほど苦にしていない。むしろ楽しいと思うことさえある。そんな自身に激しく戸惑い、否定する気持ちはあるのだが。

唯一の不満は、決して京香と仲がいいわけでも相性がいいわけでもないのに、なぜか事務所ではそう思われているらしく、彼女と行動を共にする羽目になることだ。

「身上経歴は書類ではわかるけど、実際に見た依頼人の印象が聞きたいわ」

「印象ですか？　三星さん、邦広氏を見かけられたことないですか？」

首を振る。「一度も？」「たぶん」というのを聞いて肩を落とした。

「調停を引き受けた当初から、再三、事務所に顔を出されています。今朝も、田塚弁護士のところに訊きたいことがあるからとかいってきておられました。アポイントもなく、本当は困るんですけど」

「そうなの。じゃあ、見たことあるのかもしれない」

「依頼人の青柳邦広さんは二十九歳で、小柄で色白、文系タイプ。優しいというよりは気弱な感じの方ですね。奥さんの理絵子さんは上背のあるモデル風の美人だというお話で、お写真では確かに目を引く女性だと思います。お二人は同じ大学の同期生。邦広さんがひと目惚《めぼ》れして積極的に、かつ熱心に申し込みをされた」

理絵子には恋人がいたが、卒業後、その男性と別れ、それから少しして二人は結婚した。二十四歳のときだ。

「それが五年で破綻《はたん》」

「まあ、そうなんですが。理絵子さんの言い分としては、絶対不自由させない、働かなくてもいい、家で好きなことしてくれればいいといわれて結婚したのに、話が違うと」

「暮らしに困っているの？」

「邦広さんはＩＴ関係のお仕事をされていて、県の中心から離れていますが結婚と同時に三ＬＤＫの新築マンションを借りて今も住んでおられます。田塚弁護士が財産目録を作成するのに何度か訪ねられたそうですが、各部屋広々としてとても豪華な感じだったといわれました。賃料もそれなりにするようですから、邦広さんの収入だけではキツいのかもしれません。奥さんの理絵子さんは無職で、家事をするよりはカルチャースクールやスポーツジムに通ったり、ショッピングや学友とのお喋《しゃべ》りを好まれる方のようですから」

「ふうん。それでＤＶはどうして起きたわけ？」

「それが、田塚先生は理絵子さんの短気な性格から出た話じゃないかと」

「短気なの？　ご主人から無駄遣いするなとか働けとかいわれて腹が立った？」

「それもあるのかもしれませんが、邦広さんの話し方や顔や体型がいちいちムカつくといったそうです。それでちょっと小突いただけだと、調停委員には説明されたと聞きました」

理絵子は身長が一七〇センチ以上あり、学生時代はテコンドーに打ち込んでいたこともあってか、筋肉質で引き締まった体型をしている。小突かれた邦広は、そのまま後ろ向きに転倒し、頭部に裂傷を負い、右手首を捻挫《ねんざ》した。

「なるほどねぇ」

夢良はちらりと運転席を見やる。「なるほどっていうことは、おわかりになるんですね。そういう理絵子さんの心情が。わたしにはさっぱり理解できませんけど。仕事も家事もせず、好きなことしていていいといわれるほど大事にされているのに、顔や体型がムカつくって。だいたい、それを承知で結婚されたんじゃないのでしょうか。わたしはご主人が気の毒なように思います」

「まあ、夫婦の関係性って常識では測れないところがあるから。これぱっかりはやってみないとわからないかも」

バツイチの京香は、妙に感慨深げに嘆息を漏らす。なんとなく、それ以上突っ込むのも気の毒のような気がして、夢良はカメラの具合を見るべく黙って視線を落とした。

京香のハスラーは鈍い振動を響かせながら、群青色に染まりかけた空を目指して走り続けた。

3

青柳理絵子に不倫の形跡が見つからないまま、四日が過ぎた。

土日は、つみきが元夫の家でお泊りする日だったため、京香は夢良にいわず、個人的に見張ってみたのだが、成果はなかった。

そして十九日の月曜日、理絵子が朝からスポーツジムに行く日で、そのタイミングを狙《ねら》って出ようと仕度していたとき来客があった。夢良を始めとするパラリーガルの席は出入口のガラス扉を入ってすぐ、カウンターの側にあるため、受付も兼ねる。たまたま近くにいた京香が応じようと顔を振り向けた途端、あ、と声が出た。

二十八歳の野添聖《のぞえさとし》巡査長の顔にはなんともいえない表情が浮かんでいた。ちょっと照れた風でありながら、無理に目を尖《とが》らせて冷淡さを醸し出そうとしているような。上司や先輩に対し忠実過ぎるともいえるほど真面目な性格のため、秋田犬呼ばわりされている野添にしてみれば、もう一年ほど前になるとはいえ先輩に当たる京香を無視することもできないのだ。ただ、野添一人なら京香も屈託なく声をかけられたが、後ろから現れたもう一人の刑事を見て思わず硬直する。

捜査一課の二つある係のうちのひとつを率いる後藤忠己《ごとうただみ》警部は、素早く視線を周囲に放つと低い声で、「失礼します」といった。すぐに野添が警察手帳をかざし、京香が立っているのとは反対側の端にいたパラリーガルに取次を乞《こ》う。そのあいだ後藤は事務所にいる人間の顔を確認し、最後に京香に目を当てると、「よお」といった。自然と体が反応し、ほぼ九十度に近い角度で上半身を折った。

「ご無沙汰《ぶさた》しています、後藤班長」

「もうお前の班長じゃないんだから、後藤さんでいいよ」

更に、口を開いてなにかをいいかけるが、奥の気配を察して唇を引き結んだ。

副代表の葛貴久也が上着のボタンを留めながら出てきたのだ。後藤と名刺交換をし、奥へどうぞと誘う。野添が後ろをついてゆく。よほど引き留めて理由を訊こうかと思ったが、こちらも理絵子を見張る時間が迫っていた。

夢良共々、後ろ髪を思いきり引かれながら駐車場へと向かった。車に乗り込むなり、夢良がスマホを取り出し、忙《せわ》しなく操作する。同じパラリーガルで三十代の既婚女性である小井川《こいかわ》に、なにが起きたのかわかり次第、電話かＬＩＮＥを入れるよう頼んだという。

「あの刑事さん、三星さんの知っている方なんですね」

信号待ちをしているとき、夢良が我慢しきれず話しかけてきた。京香は、うん、と頷く。

「わたしが最後に勤めた捜査一課の上司と後輩」

「捜査一課。それって」

「そう。殺人、強盗など凶悪犯罪を担当する課よ。だけど、班長自ら出陣なんて驚きだわ」

「珍しいことなんですね」

「まあ、いうなれば指揮官だから。もちろん、現場には行くし、捜査もするけど、少なくともさっきみたく事情聴取程度に出張ることはない」

そこで京香は、あ、と声にせずに口を開けた。そうか、単なる事情聴取ではないということか。重要参考人、若《も》しくは被疑者と睨んだ相手だからこその自らのお出ましなのだ。更にいえばそれが弁護士ともなれば礼を尽くす意味もある。ということは、うと法律事務所の誰かが。

そのとき夢良のスマホがバイブした。すぐに取り出し、画面を睨む。夢良が強張《こわば》った顔をこちらに向けた。京香の胸の奥がどくんと弾む。

「ジュ、ジュニア、いえ副代表が、貴久也さんが、任意同行に応じられたそうです」

パラリーガルらは、貴久也のことをジュニアと陰で呼んでいた。「それも、殺人事件の容疑らしいです」というのにさすがの京香も眉根《まゆね》を寄せた。

「どこっ」

「えっ」

「どこの署。殺人なら捜査本部が立っている筈《はず》。どこの所轄か訊いて」

「は、はい」夢良が指を震わせ、何度も打ち直す。ついにはお嬢さまにはふさわしくない舌打ちまで放った。すぐに応答がある。

「玉木《たまき》署、です。玉木署って、あの玉木市にあるんですか」とおかしなことを訊く。自分でも変だとわかったようで目頭をぐりぐりこすった。

「玉木か。記事を調べてみて。最近、玉木市で人が死んでいる事件がないか」

「は、はい」

夢良がありました、というのと、再び、ＬＩＮＥの着信音が鳴るのが同時だった。小井川からの連絡は、ネットにある記事とほぼ同じ内容だ。

『十七日、玉木市を流れる月川《つきかわ》の河川敷で男性の遺体が発見された。』

その後の続報で身元が判明。氏名は室伏益男《むろふしますお》、六十七歳。××三丁目の一戸建てに一人暮らしで職業は不明。事件のことは新聞で見た気がするが、身元についての記載はなかった。小井川からのメッセージには更にもう少し詳しい話がついていた。

室伏氏と貴久也は面識があったらしい。室伏という男性が貴久也の名刺を持っていた、ということまでは会議室のドア越しに盗み聞きできたとベテランパラリーガルがいう。但《ただ》し、関係は不明。貴久也は刑事と一緒に事務所を出る際、同行するというアソシエイト弁護士らを断り、引き続き各自業務に精勤するよう指示した。なにかあれば必ず連絡を入れますよと、ひと言添えて微笑《ほほえ》んだそうだ。

京香はスポーツジムの表玄関が見える道路沿いのタイムズにハスラーを入れて、エンジンを切った。カメラや双眼鏡などを出して支度する。間もなく理絵子がブランドのトートバッグを肩から下げて地下鉄の出入口を上がってきた。理絵子は免許を持っていない。真っすぐジムの方へと向かう。少し時間を置いて京香は荷物を持って出た。愛人がジムのインストラクター若しくは利用者だという可能性もあるので、一日体験を装って侵入すると決めていた。隠しカメラを内蔵した腕時計で、理絵子に近づくそれらしい人物を盗撮するつもりだ。

副代表の事件は気になるが、こちらはこちらで仕事を片づけなくてはならない。

京香はTシャツにスウェット姿で施設の説明を聞いたあと、ジムのフロアに入って様々な運動器具を試しながら理絵子を目で追った。スタイルも良く見た目もいいから、親しげに声をかけるインストラクターは多い。常連らしい男性も入れ替わり立ち替わり近づいてくる。それら全員をカメラに収めたあと、理絵子がスマホを持って休憩コーナーに向かうのをこっそり尾《つ》けた。

「いいわ。今からお店に行く」

それだけ聞いて素早く廊下に戻る。

理絵子がシャワーを浴びに行くのを確認して、先に出た。車に戻ると助手席で夢良はスマホを見たまま、なにかに熱中していた。わざと大きく音を立ててドアを開け閉めする。少しは反省した顔をするかと思ったら、眉間《みけん》に皺《しわ》を寄せ、困惑した表情を浮かべる。

「どうしたのよ」

「なんだか、どうなっているのか」

それが室伏とかいう男性の事件のことだとはわかったが、玄関から理絵子が出てくるのを見つけて、待ってという風に掌《てのひら》を見せた。道路際に出てタクシーを停めるとそのまま北へと走り出す。すぐにハスラーで追跡を始めた。

夢良にジムのなかで盗み聞きした内容を教えて、いよいよかもしれないと告げる。夢良は、「はい」と返事をするが心ここにあらずの感じだ。二台前を走るタクシーから目を離さないまま、小井川からの連絡はなんだったのかと尋ねる。

「はあ」と生気がない。苛立《いらだ》つ気持ちを堪え、LINEの文面をそのまま読んでと強めにいう。夢良は一拍置いたあと、のろのろとスマホの画面を開け、棒読みした。

『たった今、代表が事務所に出勤され、貴久也さんのこと、つまり室伏なる人物が殺害された件で任意同行された話をしたら、卒中でも起こしたのかと思われるほど顔色を悪くされ、激しく動揺された。しかも、これはわたしの件だ、といって玉木署にそのまま行こうとされるのをみなで止めました。すぐに吉村《よしむら》弁護士らが、ひとまず事情を聞かせて欲しいと頼んだら』

夢良の言葉が止まる。「頼んだら？」と繰り返した。

『誰か娘を、娘と孫を見てきてくれんか。無事なのか知りたい』といわれたそうです」

「娘？　孫？　誰の？」

夢良は首を振る。その後、葛道比古は、わたしは大丈夫だ、といって慌てて車で事務所を出たらしい。すぐにスマホに連絡して行先を尋ねたら、自宅だといって切れた。それきり繋《つな》がらないという。

「自宅には確認したの？」

「吉村弁護士が連絡を入れられて、奥さまに到着されたら折り返しが欲しいと頼まれたそうです」

「そう」

理絵子の乗ったタクシーは繁華街を抜け、大通りから自動車道へと入る。そして、三十分ほど走った出口で降りて県道、市道を走り、やがて窓の左右に鄙《ひな》びた景色が広がり出すところまできた。バスしか走っていないような道路上でタクシーが停まり、理絵子が一人降り立つ。そのまま戸建ての並ぶ住宅街を歩き出した。京香も車をどこかに停めようとパーキングを探し始めたところでスマホが鳴った。

舌打ちしながら取り出す。急ぎの用でないなら切ろうとしたが、画面には「代表」の文字があった。すぐに応答する。

「三星くんか」

「代表、どうされました。今、どちらですか」

隣で夢良が目を剝《む》くのが見えた。

「頼みがある。今からいう住所に行って、二人が無事か確認してきてくれんか。仕事中なのはわかっている。だが、気になるんだ。連絡が取れない」

京香は考える間もなく、「わかりました。住所を送ってください」といっていた。葛道比古が普通でないことが電話越しにもわかったから、迷うことはなかった。

うと法律事務所の代表で、貴久也の父親。裁判官をしていたが、三十代のときに退官し、それ以降は弁護士として励み、数多くの民事、刑事事件を取り扱った。やがて和解調停などの交渉術や企業法務にも精通するようになり、一流会社の顧問弁護士として活躍。うと法律事務所を県内有数の大手事務所のひとつとして挙げられるまでに育てた。六十七歳の現在、代表として事務所の経営に携わる一方、顧問先の事案には今も自ら乗り出し、法廷に立つ。

そんな道比古をパラリーガルやアルバイトらは寝起きのブルドッグと愛情込めて呼ぶ。性質からでなく見た目からのことで、頰《ほお》も腹回りもたるんで、半分閉じたような目が常に眠たげだからだ。性格が温和だとはいわないが、妙な偏見も、意味なく人を見下すようなこともなく、京香が法曹界に疎いことを承知で、いずれなにかの役に立つかもしれないという鷹揚《おうよう》さで雇うと決めたのも代表だった。眠れる猟犬のように、余程のことがない限り、感情を露《あら》わにする人ではないから、電話口の動揺が余計にただ事でないと思わせた。

スマホを切ると京香は、降りて、と叫んだ。夢良がきょとんとするのを無視し、体を乗り出して助手席側のドアを開ける。そして夢良を掃き出すように車の外に押し出した。後部座席にあったバッグを窓から放《ほう》り投げ、「あとお願い」といった。

「いきなりなんなんですか」と夢良がさすがに顔色を変える。

「早く行って、理絵子を見失うわよ。相手の写真が撮れたら、一人で帰ってきて。大丈夫ね、無理しないでよ。じゃ、事務所で」

そういってハスラーを急発進させる。そうだ、と思い出し、急ブレーキを踏んで窓から顔を突き出し、夢良に念を押した。「遅くなるようだったら、つみきをお願い。頼んだわよ」とだけいい置く。

ルームミラーに夢良が両手を振り回し、なにかを叫んでいるらしい姿が映ったが見なかったことにする。そのまま自動車道に乗り、LINEに送られた住所へと制限時速を少し超過したスピードで向かった。Nシステムにも白バイにも捕まらない程度のスピードを維持する。

有働《うどう》恵麻《えま》、有働陽人《はると》。この二人の安否を確かめる。それが今の京香の仕事。

4

取調室へ入るのは初めての経験ではない。

弁護士を二十年近くしている貴久也にしてみれば、何度か訪れた場所で、大きさこそ違えど、みな似たり寄ったりの設えだ。小さな窓、シンプルなデスクと椅子《いす》、記録係用の席、監視窓。今は窓の代わりに、録画用の機材がはめ込まれていたりする。

この玉木署には、まだ監視窓があった。デスクを挟んで向かいに座る刑事は中堅らしく、捜査一課の警部補で松田《まつだ》と名乗った。記録係用の席には、迎えにきた野添という若い刑事。そして窓際には、後藤警部が立っている。これまでの経験と違うのは、今回は依頼人の弁護人としてではなく、貴久也自身が聴取を受ける立場であるということだ。

三星京香のことを口にしたのは後藤の方が先だった。

「元部下がお宅の事務所でお世話になっているようですな。ちゃんと勤めていますか」

「彼女を雇おうと決めたのは事務所の代表ですが、今では、わたしも良かったと思っています」

「ほお。お父さんがね」と後藤は眉の片方を上げたあと、控えめな笑顔を作って言葉を足した。「あれは優秀な刑事でしたよ。きっとお役に立つでしょう」

「そうですか」

会話が終わったところで、京香のことなど知らないかのように松田が淡々と尋問を始めた。それに対し、できる限り誠実に答える。警察に隠し立てしてもいいことなどないことは、身をもって知っていた。

室伏益男という名は、今回の事件で初めて知ったと述べ、四日前の接触事故から簡単に説明する。ほんの短い時間話しただけで、名刺はそのとき渡したものだと付け加えた。

「なぜ、室伏さんがあなたの車にぶつかったと思いますか」

松田の妙な質問に首を傾げる。事故の状況を詳しく問われたが、夜のことだし動揺もあったからと言葉を濁すと、「わざとぶつかってきたようには思わなかったか」と訊かれる。それにも貴久也は首を振って、わからない、とだけ答えた。するといきなり、松田は父親のことを話し出した。不意打ちを食らわすのは警察尋問の常套《じょうとう》手段だ。

「葛道比古氏は、県立大学を卒業されたそうですね」

「実は、室伏益男氏も県立大学法学部でしてね」

「それがなにか」

そういうこともあるだろうというと、重ねて「同じ大学、同じ期、同じサークル」と呟き、「お父さんから室伏氏の名を聞いたことはありませんか」といって鋭い視線を向けてきた。驚いた顔をすべきだったのかもしれないが、そんなことで誤魔化せる気がしなかった。

あの事故のあと、室伏が父に関係する人物ではないかという疑いは既に抱いていた。

夜更けの道で室伏益男を見失ったあと、道比古が戻ってきたので顚末を話した。人相風体と、突然、姿を消したことなどを告げると、なにか思い当たるような表情をした。知り合いなのかと尋ねてみたが道比古は黙って首を振るだけ。貴久也はそれ以上訊くべきではない気がした。妻や息子に知られたくない話もあるだろうと、そのときなんとなく思った気がする。なぜ、そう思ったのかはわからないが。

「お父さんの友人、いや、親友といってもいい間柄だったようですよ。本当にご存じなかったのですか」

松田の言葉に、「知り合いではないかという気はしましたが、確かめたわけではありません」と答える。それでは満足していないのがありありと見えたが、親子だからなんでも知っているとはさすがに思っていないだろう。

その後は型どおりにアリバイを聞かれる。お陰で室伏益男の殺害が、三日前、十六日の金曜日午後八時以降零《れい》時までのあいだだと知ることができた。すぐに、父親はその時間帯どこにいただろうかと考える。

それからも同じ話を何度も繰り返し、取調に倦んだ態度を見せると案外とすんなり、「ご協力、ありがとうございました」と解放された。拍子抜けしたが恐らく、尋問のあいだ事務所や自宅に貴久也のアリバイを確認したのだろう。

事務所の終業時刻は午後五時半だが、室伏殺害の当夜、弁護士やパラリーガルの何人かが仕事を片づけるために居残っていた。貴久也も夕方に軽食を摂ったあと八時ごろまでいて、そのまま五階建てのビルの屋上に上がり、缶コーヒーを片手に星を眺めた。一時間ほどもいただろうか。それから車で帰宅、以降は家から出ていない。一方の道比古は確か、と記憶を辿《たど》る。金曜日は出先で顧問先と打ち合わせをし、その後、会食するから遅くなることは聞いていたし、それ自体珍しいことではない。ただ、室伏益男と接触した日以来、道比古の様子が目に見えておかしいのには気づいていたから、戻るまで眠らずにいた。表通りに車が停まる音が聞こえ、間もなく門扉が開き、玄関ドアの音がした。時計は零時三十五分。不在時間は見事に死亡推定時刻に納まる。

貴久也は所轄を出るなりスマホで事務所に連絡を入れた。

吉村がすぐに出て、安堵の声を漏らす。そして、道比古の尋常でない様子を伝えてくれた。貴久也は電話を切ってすぐ、今度は道比古のスマホに連絡を入れたが応答がない。バイブにしているせいで気づかないことがあるので、心配することはないかもしれない。それでも一応、自宅の固定電話にかける。母が応答し、戻ってきたがすぐに出て行った、連絡がつかないけど、そのうち戻ってくるでしょうという。こちらは道比古の様子がおかしいのに気づいていても、父以上に鷹揚な性格なだけに慌てふためくことはない。それが今の貴久也にはありがたかった。

いったいどこに行ったのだろう。そして吉村弁護士が教えてくれた道比古のおかしな言葉が気にかかる。

『誰か娘を、娘と孫を見てきてくれんか。無事なのか知りたい』

これはいったいなんなのだろう。

5

夜になってようやく事務所に戻ってきた。夢良は階段を見上げるが、さすがに今日は無理とエレベータのボタンを押す。

事務所に入るとすぐに京香を捜した。部屋は各弁護士の執務室や会議室以外は見渡せるオープンスペースになっているが、どこにも見当たらない。隅には給湯コーナーロッカースペースなどがパーティションで仕切られており、ここにも姿はなかった。

一番近くにいたパラリーガルに、ジュニアが任同されたあとのことを尋ねる。よく話をする小井川は子どもの塾があるということで既に退所していたが、磯部《いそべ》という男性が詳しく教えてくれる。磯部は五十代で元市役所職員。役所に勤めていたころ、訟務を担当していたということでパラリーガルとしてこの事務所に転職した。奥さんに先立たれ、子どもはいない。物理的にも精神的にも制約がないことから、弁護士からは重宝がられている。

「ジュニアは昼過ぎ戻ってきたが、その代わりというのか、今度は代表が出先で捕まって任意同行されたよ。今、吉村先生と田塚先生が玉木署に出向いている」

帰る途中に、小井川からその件だけは聞いていた。「それでジュニアは?」

「うむ。一旦《いったん》、事務所に戻って簡単に説明をされたあと、調べものがあるといって自宅に戻られた」

「そうなんですか」

「とにかく、抱えている業務を放っておくわけにもいかないから他の先生らは仕事を続けているが、急ぎの仕事がない者は定時を過ぎたら帰るようにということだ」

「磯部さんは居残りですか」

「わしは家に帰っても特にすることがあるわけじゃない。もう少し様子を見ていようと思ってな」と普段ひょうひょうとしている彼が不安そうに黒目を揺らした。聞くと、代表の様子が気になるという。

「今日の午前中、貴久也さんのことを聞いて自宅に戻られたが、すぐにまたどこかに行こうとされた。途中で警察が見つけて停車を求めたらしいが、驚いたことに警察車両を振り切ろうとしたそうだ。あやうく逮捕されるところだったとか」

「まさか、そんな」

「うむ。代表らしくないよな」

　夢良は自席にバッグを置くと、すとんと腰を落とした。疲れた様子を見て取った磯部が、給湯コーナーから熱いコーヒーをカップに入れて運んでくれる。夢良は頭を下げて礼をいい、そのまま小さく吐息を吐《つ》く。

「そっちはうまくいかなかったのかい？　例の不倫の証拠」

「いえ、それらしい人物は撮れました」

「あら、撮れたの？　ホント？　やればできるじゃないの」

　いきなり上から目線の声がかかる。磯部共々振り向くと、京香がドアの前に立っていた。今戻ったところのようだ。

「三星さん、いったいどこに行かれていたんですか。酷《ひど》いじゃないですか、あんな交通の

便の悪いところで放り出すなんて。どれだけ大変な思いをして戻ってきたと思っ
です」
「うんうん、悪かった、ゴメン。でもまあ、バスはあるようだったし、スマホさえあれば
タクシーも呼べるし、大丈夫かなぁと。それであれからどういう顚末になったか教えて
よ」
コーヒーカップを握ったまま、しばし睨み上げる。磯部が笑いを嚙《か》み殺しながら再び給
湯コーナーに消え、少ししてから京香の分のカップを運んできた。
夢良は全身で息を吐き、バッグからカメラを取り出して画面を開いた。
京香に放り出されてから、夢良なりに覚悟を決めて理絵子を追った。だが、すぐに見失
った。
「気づかれていたのかもしれません。人の服装が派手とかいう前に、あのハスラーの色を
なんとかすべきじゃないですか」とひとこと苦言を差し挟む。京香はコーヒーをすりな
がら、うんうんと頷くだけ。
理絵子を見失った夢良は、どうしようか思案した。そして、京香から聞いた、『お店に
行く』という言葉を思い出した。そうだ店を探そう。食事をする店か物を売る店かはわか
らないが、とにかく住宅街にある店舗ならそう数はないだろうと踏んだ。
「へえ」と、感心したような京香の顔を見て、少しだけ溜飲《りゅういん》を下げる。

道行く人に声をかけ、レストランかカフェか商店かわからないが、とにかく店がないかを訊いて回った。いくつかあった。花屋、パン屋、コンビニ、酒屋。そして、住宅街から少し外れた山のなかに、古い民家を改築した、野菜を中心にした料理を供するレストランがあることを知った。

茅葺《かやぶき》屋根の大きな古民家。前庭は広く、車が三台ほど並んでいた。昼はとっくに過ぎているから、そろそろランチの客が帰るころだろう。夢良は敷地内を防犯カメラに気をつけながら横切り、家の側まで近づく。周囲が雑木林に囲まれているので、見咎《みとが》められずに裏手へこっそり回れた。

台所に続く勝手口があり、奥に人の慌ただしい気配と良い匂《にお》いが漂っていた。しばらく待っていると表の方から車の出る音がした。客が帰ったのだろう。それからもしばらく様子を見ているとやがて勝手口から人が出てきた。手伝いらしい中年の女性二人が、奥に向かって、お疲れ様でした、また明日、といったあと、側に置いてある自転車に跨《また》がる。揃《そろ》って表の方へ走り出した。夢良は、鍵の掛かっていない勝手口に素早く身を寄せ、ドアノブを引いてみた。

「それはやり過ぎ」すかさず京香からクレームが入ったが無視する。

とにかく僅《わず》かに開いたドアから覗いてみると、シェフらしい男性が白いコック服を脱ぎかけている背中が見えた。奥にいる誰かと話しているらしい。

『そうね。とにかく、理絵子』


『お腹《なか》すいただろう、なにか作るよ』

『残りものでいいわ。それより、ワインが欲しいな』

『オーケー。とっておきのを用意するよ。今日はゆっくりできるんだろう、理絵子』

それから奥へと入ったため、二人が以後なにを話したかはわからなかった。とにかく、そこに理絵子がいることに安堵し、それならば二人の写真を撮ってやろうと雑木林に潜んで、やぶ蚊に襲われながらも身じろぎもせずに待ったのだ。非常食用に用意したチョコレートやエナジードリンクが大いに役立った。


陽が沈みかけると周囲は燃えるような色に染まり、鳥の鳴き交わす声がした。やがて遠くからお寺のものらしい鐘の音が聞こえてきた。目の前の勝手口が開き、二人が姿を現した。雑木林に潜んで、およそ四時間が経《た》とうとしていた。

男が自転車に跨り、後ろの荷台に理絵子が座る。腰に手を回し、男の背中に密着する。そんな姿を写真に収め、二人が住宅街へと向かうのを見送った。


「なるほど、これがそのときの写真ね」

「ええ。ただ、証拠能力としてはまだ不十分かもしれません」

「そうね。どうして自転車を追い駆けなかったの」

「は？　自転車をですか？」

「タクシーを呼ばずに自転車で二人乗り。たぶん、男は理絵子をバス停まで送ったんでしたの?」

ょ。ワインを飲んだのなら車を運転するわけにはいかないしね。時刻表、調べてみなかっ

「え、まあ。バスかなとは思いましたけど」

「バス停で二人は別れる。そのとき決定的な写真が撮れたかもしれない」

内心では、あ、という気持ちがあった。だが、顔には出さず、「いくら暗くなっていたとはいえ住宅街ですし、まさか」といってみる。

京香はあからさまに残念そうな顔をする。「二人が手を取り、見つめ合う姿。もしかすると抱き合い、キスをする姿まで撮れたかもしれない」

口を引き結んでいたから、頬が自然と膨らむ。奥歯をぎりぎり噛みしめる。

なんなのよ。わたしは四時間も雑木林のなかでやぶ蚊に襲われ続け、気持ちの悪い鳥の声や風に揺れる葉擦れの音にどきどきしながら我慢した。足元を走り抜けるトカゲや蜘蛛《くも》にも声を上げずに回避したのだ。お腹がすいたし、トイレにも行きたかった。本来、二人でする筈の張り込みじゃないの、一人でやらされたのだからおのずと限界があります、といいたかった。待ちくたびれた体で自転車を追い駆けるのは到底無理だとも。だがそれをいう体力すら今の夢良にはなかった。

さすがに京香もいい過ぎたと思ったのか、「相手が見つかっただけ上出来ね。次はそっちから狙える」とフォローするようにいう。納得できない気もしたが、それよりも気にな

ることがある。

「それで三星さんはどうしていたんですか。代表からなにか頼まれていたみたいですけど」

京香が唇の前に指を立てるので、夢良は口を閉じ、カップを手に取った。磯部ともう一人のパラリーガルが残って仕事をしている。弁護士は、玉木署にいる吉村と田塚以外、全員が在室していた。

妙な静けさが事務所を覆っている。

奥にあるキッズルームでは、つみきがタオルケットを被《かぶ》って眠り込んでいた。手には、京香手製の人形がある。シルバニアファミリーがお気に入りと聞いていたのに、最近はその人形ばかり手にしているように思える。

そんな様子を窓越しに眺めていた京香は、夢良のところに戻って近くの椅子に座った。

「帰る途中、副代表に連絡を入れたの。今度は入れ替わるようにして代表が玉木署に引っ張られたらしいわね」

「はい。その代表の様子が普通じゃなかったみたいで」

「それも聞いた。たぶん、警察に止められたので、わたしに連絡してこられたのだと思う」

「代わりになにかしてもらうつもりで?」

「そう。それがどういうことなのか、ジュニアに訊いてみたのだけどよくわからないそうよ。ただ、亡くなった室伏という男性は、代表のよく知る人物らしいわね。大学の同期だとか」

「そうか、それで代表やジュニアが警察に呼ばれたんですね」

「うん。ただ、ジュニアもそのことは知らなかったらしく、警察で初めて知ったそうよ。それでもっと詳しいことがわからないかと、家にある代表の大学時代のものを調べてみるって」

「そうだったんですか。それで三星さん」

「うん？」

「代表に頼まれたことってなんですか」夢良は話を戻す。一緒に仕事をし始めて半年以上は経つのだ、はぐらかそうとしていることは容易に想像できる。夢良は、そう簡単には教えてくれないだろうと思いつつも言葉を重ねた。

「どこかに行かなければならない用事だった。もしかして人に会うとか？」

京香はじっと夢良を見つめ返した。その目元が弛んだ気がした。調査の仕事をしていくうち、少しはそういう勘働きもできるようになったのね、といわんばかりの上から目線だ。

元刑事だけあって京香は口が堅い。全《すべ》てを話してくれるのはいつになるか、と思っていたが、案外と早く、翌日にはことが明らかになった。

6

翌二十日の火曜日。夕刻。

「こういうことは、今はいっちゃいけないんだろうが、美人だよね。なんていうのか、葦《あし》原《はら》から飛び出してきた子育て中の白鳥のようだな」

磯部の表現が凝り過ぎていてイマイチよくわからないが、それでも褒めているのだということは京香にも伝わった。夢良はルッキズム的な発言をするのに苦虫を噛み潰《つぶ》したような顔をする。

色が白く首が細長く、髪は肩を越えるストレートを後ろでひとつにまとめている。ぱっと見三十代前半に見えるが、恐らく四十近いか少し超えている。鼻筋が通って、口は大きめだが形が良い。目は奥二重で、つぶらな瞳《ひとみ》といえるのだろうが、今は警戒の色に濃く染まっている。

女性の側には小学生らしい男の子が立っていた。そのせいで磯部は子育て中の白鳥と形容したのだろう。あの可憐《かれん》な鳥も、ヒナを抱える時期には近づくものがどんな相手であろうと猛然と攻撃を仕掛け、鷹《たか》以上に恐ろしい鳥になる。

ただ、それでもその女性の美しさは減じられることはなかった。

「有働恵麻といいます。これは息子の陽人です」

小学五年生だという陽人は、手を握ろうとする母親から逃れ、珍しそうに事務所のなかを眺め回す。

取次を受けた貴久也が部屋から出てきて挨拶を受ける。

「室伏益男さんの件で葛道比古にお会いになりたいそうですが」

一瞬で、事務所内が静まりかえった。緊張しきった様子の恵麻に貴久也は微笑みかける。

「あいにく葛は外出しております。わたしは息子でこの事務所の副代表をしている葛貴久也といいます。よろしければ奥でお話を伺えますか」そして視線を下げて、「良ければ息子さんはキッズルームにどうぞ。小学生向きの本や雑誌があります。宿題ができるテーブルもある。ゲームはないけどね」と恵麻に向けたのとは違う柔和な笑みを陽人に向けた。

恵麻は貴久也の差し示す部屋を見て、軽く驚いた表情を浮かべた。今は五歳の女の子がいるが、と付け足すと、短い躊躇《ためら》いののち素直に応じる。陽人は母親の顔を見、そして貴久也を見て、「ゲームは自分のがあるからいい」と明るい声を出した。アルバイトの女性が手招きするのを見つけると、さっさと奥へ歩き出す。恵麻はそんな息子を見てため息を落とし、貴久也と共に会議室へ向かう。パソコン画面を見つめるパラリーガルらのいるスペースを横切りながら、ちらりと京香へ視線を流した。京香は軽い会釈で応じる。貴久也はそれをちゃんと見ていて、一拍置いたのち、ああという合点した表情を浮かべた。

「三星さんも一緒に入ってください。それと悪いけど、誰かコーヒーをお願いできますか。キッズルームにはジュースかなにかを」

はい、とすかさずアルバイトと夢良が同時に返事する。一番早く給湯コーナーに走ったのは磯部だった。悔しがる夢良の顔に、京香は顎を振って合図をした。

（キッズルームに行って）

一瞬、むっとした目をしたが、すぐに諦《あきら》め顔で席を離れる。

今日は、理絵子の不倫相手と思われる男性を追い回した一日だった。

山家レストラン「こだま」のオーナーシェフである児玉英和《こだまひでかず》は、年齢四十歳。理絵子とは十一歳違い。五年前に古民家を借りて山菜や有機野菜を使った店を始めた。ブログとインスタがあって、それには簡単な経歴も掲載されていたが、見る限りどこで理絵子と知り合ったのかはわからない。客としてきたのかもしれない。店はグルメレビューサイトではそれなりに評価されている。火曜日が定休だったので、理絵子と密会するのではと張ってみたが、食材探しなのか一人で車を走らせ、農家や山野を歩き回っただけだった。仕方なく京香は、帰りにつみきを拾って夢良と事務所に戻ったのだった。

会議室のドアを閉めて、楕円《だえん》形のテーブルの真ん中に恵麻は座る。一番奥に貴久也、手前のドアに近い席に京香は座った。すぐに貴久也が京香に声をかける。

「こちらの方と面識があるのですか?」

京香はちらりと恵麻を見て頷く。「代表から聞いておられませんか」

貴久也は首を振って、テーブルの上で両手を組み合わせた。

葛道比古は、今日も警察に呼ばれている。室伏益男のスマホには事務所に電話をかけてきた形跡があったらしいと、一旦戻ってきた吉村弁護士が説明してくれた。前日の聴取の際、室伏益男とは卒業後、四十年以上会っていない、連絡も取り合っていないと述べたのだから疑われるのももっともだ。ただ、道比古は、出るとなにもいわず切れたからそれが室伏だとは知らなかったと答えている。警察は納得しないだろう。

貴久也が黙って待っているので、京香は仕方なく説明を始めた。代表と連絡が取れないし、今さら隠しても仕方がないと判断する。

「こちらは室伏益男さんの娘さんです」

え、とさすがの貴久也もふいを突かれたように口を開けた。そしてすぐに立ち上がると、御父上のことはご愁傷さまでした、と丁寧な悔やみを述べた。恵麻は白い肌を僅かに赤く染めて小さく頭を下げる。

「父といっても、母が亡くなってからはほとんど行き来がありませんでしたから。ただ、殺害されたと警察から知らされたときは驚きました」

「そうですか。お母さまはいつお亡くなりに?」

「三年前です」

貴久也は小さく頷き、ちらりと京香へと視線を振ったあと、恵麻に戻した。

「三星とはどこで?」

口ごもる恵麻の代わりに京香が答える。

「昨日、代表から恵麻さんと陽人くんの安否を確かめて欲しいと頼まれました。警察に任同される前です。お二人は室伏さんとは別のところに住んでおられます」

「安否を? なぜ? なにか危険が迫っていると代表は思っていたということですか? それにどうして父はお二人の住所を知っていたのだろう」

貴久也がゆっくり恵麻へと視線を向ける。白鳥は大きな目の色を警戒から反発へと変えた。

「そんなこと知りません。昨日、いきなりこちらの方がこられて、どこか自宅以外の安全な場所に移動されませんかといわれました。突然、見ず知らずの人が家にやってきて、そんなわけのわからないことをいうので、とても気分が悪くなりました」

「理由もなく、そんなことを申し出たの?」と咎める目を京香に向ける。

京香は、はい、といって肩を落とした。「代表は詳細をおっしゃられなかったので。ただ、そのときのご様子から、わたしの判断で移動の件をお願いしました。結局、応じられませんでしたが」

すぐに恵麻は細い首を伸ばして、「当たり前じゃないですか。そんな、どこに行けというんです。仕事だってあるし、子どももいるのに」と抗議するようにいう。ふと貴久也の表情に気づいて声のトーンを落とした。

「その、わたし、八年前に離婚してから陽人と二人暮らしなんです。今どきは珍しくもないのかもしれませんが、元夫は働かず、飲酒と賭《か》け事とDVを繰り返し、わたしは逃げるように別れました。だから陽人との生活を維持するための大事な仕事なんです。放り出すことはできません」と必要のない説明をあえてのように加える。

有働恵麻はずっと戦っている。ヒナを護り、近づく敵を払いのけようと懸命なのだ。その気持ちは理解できるし、京香とて似たようなものだ。だが、自分もそうだ、よくわかるというセリフはいえない。同じ境遇だからといって同じ思い、辛《つら》さを抱えているということにはならない。だから、京香の申し出を拒絶した恵麻を無理に説得することもしなかった。代表とやっと連絡が取れて首尾を報告すると、杞憂だったかなと安堵する声が聞けた。

それで京香も二人を見張ることを止《や》めて帰宅したのだった。

「昨夜、父はそんなことはひと言もいわなかった」と無表情に貴久也は呟く。そしてすぐに視線を戻し、「それで今日はどうしてこちらへ？　父は室伏さんの件で警察に呼ばれていますす。時間がかかるかもしれません」と尋ねる。

恵麻は、そうですか、と残念そうな顔をした。貴久也がそんな様子をじっと見つめる。

「父にどんな話がおありでしたか。よければ聞かせていただくわけにはいきませんか」

警戒や不安の代わりに不思議な気配が立った。思わず京香も白い横顔を凝視する。両側から二人に見つめられることに当然ながら居心地悪い思いを抱いたであろう恵麻は、振り払うようにまた首を伸び上がらせた。

「昨日、遅くに父の遺体が警察から戻されてきました」

「それでは」

「ええ、このあと通夜ですが、午前中、父の自宅へ行ってきたんです。賃貸の一戸建てですが」

京香は胸の内で舌打ちした。自分が出向いたせいで、かえって恵麻を刺激し、危険な行動をさせたのではないかという小さからぬミスに気づく。

「遺影の写真を探さなくてはなりませんでしたし、他にも通夜葬儀に必要なものを取りに行こうと思いました。それ以上にどうして父があんな死に方をしなくてはならなかったのか。こちらの女性がこられたこともあって余計に気になりました。その理由が父の遺品のなかに見つかるとも思えなかったのですが、その、ついでというのか。いずれ父の住んでいた家は解約しなくてはならないですから」

自分で自分にいい訳するように、つっかえないよう気を配っている様子で話す。貴久也も京香も黙って続きを待った。

「そうしたら」

恵麻は大きな目を真っすぐ貴久也に向ける。反対側にいる京香にはどんな眼差《まなざ》しなのか見えなかったが、普段、滅多に動揺しない貴久也が微《かす》かに身じろいだ気がした。恵麻がいう。

「古い荷物に混じって日記のようなメモのようなものが出てきました。こちらの、葛道比古さんと会う約束を交わしたもののようでした。三年前の夏です。喫茶店『ルーアン』で午後二時に道比古くんと会う、と書かれていました。実際に会ったと思います」

「そうですか。父は室伏さんの同期生で、親しくしていたようですから。だが、妙だな。父は卒業以来、会っていないといっていた。どうしてそんな嘘《うそ》を吐いたのか」

「いえ」と恵麻が強い口調で遮る。貴久也が見つめ返して瞬きするのが見えた。

「いえ、父とではありません。そのメモは母の荷物から出てきたのです。手跡も母のものです。葛道比古さんと三年前に会ったのは母だと思います。室伏亜弓《あゆみ》、旧姓塚本《つかもと》亜弓です」

その名をお父さんから聞いたことはないか、と恵麻は重ねて訊く。貴久也は、亜弓どころか室伏益男の名さえ聞いたことがなかったと答えた。

7

「その人形、なんでそんな変な顔しているんだ？」

陽人の遠慮のない問いに、つみきは不思議そうな表情で応える。

「それにむらってどういう意味？　苗字《みょうじ》？　名前？」

「ママに作ってもらったの。むらちゃん人形、いいでしょう」

「ああ、お手製なのか。だからそんなに変なんだ」

思わず、変変いうなといいたくなったが、夢良はぐっと堪《こら》える。そして、どうかこっちは向かないでと祈っていると案の定、素直なつみきは夢良を指差していった。

「この人がむらちゃん。むらちゃんはママのお友達なの、えっと、あい、相棒なんだから」

陽人はぎょっとした顔で素早く人形と夢良の顔を見比べると、なぜか納得したように頷《うなず》いた。

ちょっと待て。そういいたいのを呑《の》み込む。

「つみきちゃんはね、さっき陽人くんのお母さんと一緒に会議室に入ったおばさんの娘なの。あの背の高いきつい、いやしっかりした顔のおばさんと昨日、会った？」

陽人は、へえ、という風につみきをまじまじと見て、夢良に視線を返した。「うん。家にきたよ。なんかお母さんと話していたけど。すぐに帰った。あの人、弁護士さんだったんだ」

「ああ、違う。弁護士じゃなくて調査員。ま、探偵みたいなものなのかな」

「探偵？　へえ、強い？　拳法《けんぽう》とかできる？」

「憲法？　ああ、拳法ね。どうだろう。柔道とか剣道はできるだろうけど。でも強いのは間違いないわね」

「お姉さんは？　探偵？　弁護士？」

お姉さんといってくれたことに気を良くする。「ううん、わたしはパラリーガルといって弁護士の助手みたいなもの。いずれ弁護士になるけどね」

「知ってる。ドラマに出てた。なんべん試験を受けても通らなくて、どんどん歳《とし》とっていく助手」

夢良はここで大きく深呼吸をする。声が裏返らないよう気をつけながら、更に訊《き》いてみる。

「おじいさんのこと聞きました。哀《かな》しいね。お母さんは大丈夫？」

陽人はさすがに目の色を沈ませた。「たぶんね。ずっと会ってなかったし。お母さん、おじいちゃんのこと嫌っていたから、大丈夫なんじゃない」

「嫌っていた？　どうして？」

「知らない。なんでそんなこと訊くの？」

「え、いや、なんでかなぁって思ったから。ごめんね、変なこと訊いて」

「ホントだよ。そんな訊き方じゃあ怪しまれるだけだよ。もっと頭を使わないと、弁護士どころか探偵にもなれないよ」

ぐらりと上半身が揺れる。ガラス窓を叩《たた》く音が聞こえて、夢良は虚《うつ》ろに振り返った。京香が手招いているのを見て、ふらふらと立ち上がる。

「どう？　なにか聞けた？」

夢良は涙ぐみそうになったまなじりを吊《つ》り上げる。

「子ども相手にそんな真似《まね》できません」

「ええ？」と呆《あき》れた顔をされて、なぜか落ち込む。仕方なく、恵麻が父親を嫌っているらしいことだけ話す。

「ふーん、なんでそこまで嫌うのかな。親に反対された結婚をしたから、だけではない感じだわね」

京香から、陽人の父親のことを聞いて夢良は更に落ち込んだ。もっと気を遣うべきだった。今後、無神経なことをしないためにも、会議室での話をひと通り聞かせてもらう。

「フランスですか？　つまり、室伏益男さんと奥さまは大学卒業後、フランスに移住されたということなんですね」

「そうらしいわ。奥さんの亜弓さんが、絵だか彫刻だかの勉強をするからと大学を中退して渡仏。向こうに遠い親戚《しんせき》がいたそうだけど、当時、卒業を控えていた益男さんが就活を諦《あきら》めてついて行った。サークルの先輩と後輩の関係だったらしいわね。こちらに戻ってきたのはおよそ五年前。亜弓さんの病気がわかって、日本で治療に専念するために帰国されたそうよ。結局、二年弱の療養生活をして他界されたのだけど」

「それなら、恵麻さんと陽人くんもフランスで？」

「いいえ、陽人くんは日本生まれ。恵麻さんは日本での暮らしを希望したので、高校受験のときに戻って母方の祖父母と暮らしながら大学へ進学したそう。こっちで就職して結婚、出産。その間、何度かフランスと日本を行き来したそうだけど、室伏夫妻が日本に戻ることは五年前までほとんどなかったみたい」

「そうなんですか。それでどうして親子の仲が悪くなったのですか。やはり、結婚相手のことでしょうか」

「どうだろ。あれだけの美人だからモテたでしょうに、よりにもよって最悪のを選んだわけだからね。親にしてみればひと言くらいはいいたいだろうし、実際、そのせいで確執が生まれたんじゃないかな。ただ、母親が亡くなってから完全に交流が途絶えたということだから、それまでは亜弓さんの存在がなんとか父と娘を繋《つな》いでいたんでしょう」

「それなら最近の室伏さんのことは、なにもわからないっていうことですか」

「うーん。そうとも思えないんだけどね」

「どうしてですか？」

「恵麻さんが、わざわざここにきたということが気になる」

「それは」と夢良は短く躊躇《ためら》う。「父親を殺害したのが葛代表である可能性もあったから。それを確かめにこられた、とか」

「本気でそう思っていたなら、子どもを連れて乗り込んできたりしないでしょう」

「まあ、それはそうですが」

「少しは疑っているかもしれないけれど、彼女のなかでは葛代表は圏外になっている気がする」

夢良は考えるように目を細めた。

「そうか。母親の亜弓さんと代表が三年前に密《ひそ》かに会っていたことがわかったからですね。三年前といえば、亜弓さんはご自身の時間が余り残っていないと知っていたわけで、そんなときに会おうとしたのですから、お二人のあいだには深い信頼関係があったといえます」

京香が口の片端を上げる。「だけど三年も前の話よ？　しかもたまたま、そんな走り書きが見つかったくらいで、そこまで信用するかな」

むっとしながら、「じゃあ三星さんがいきなり現れて、どこかに隠れろなんておかしなことといったからではないですか？　普通、そんなこといわれたら気になりますよ。いったい、この人はなんなのだろう、葛道比古という人物はどういう人なのだろうって」と反論する。

「ま、それもあるだろうけど。なんにせよ」

「はい？」

「ここにきたことは彼女にとって意味があったのじゃないかな」

「それは？」

「最初、彼女は強い警戒心を持ってやってきたわ。だけど、ジュニアと話しているうち、少なくとも代表が、彼女の両親と繋がりのある人で、恵麻さん親子の身を案じておられることがわかった筈《はず》。全面的に信用はしない代わりに、なにか探り出せるのではと思い始めているのじゃないかな。まあ、一応、名のある法律事務所だし」

「なんですか、その無礼ないい方は。うと法律事務所は県の名だたる企業から顧問になって欲しいと切望されるほどのところなんです。今は、その、ちょっと減りましたけど」

「それか、キッズルームのせいかな」京香は執務室の隣にある大きな窓の小部屋に目を向けた。「ああいうのがあると、母親って安心するのよね。単純なんだけど」

親っていうのは子どものことに関しては複雑になれないのよ、と呟《つぶや》く。夢良は、口元が弛《ゆる》みかけるのを抑えて、続きを促した。

「それで結局、恵麻さんは室伏さんが殺害された理由に心当たりはないんですね」

「どうだろ。そこまで踏み込んだ話をする前に追い出されたから」

なんだ、と夢良は会議室を振り返る。ガラス戸や窓にはブラインドが下ろされていてなかを窺《うかが》うことはできない。コーヒーを運んで様子を覗《のぞ》き見しようとした磯部も、すぐに追い出されていた。

しばらくして二人が出てきた。終業時刻はとっくに過ぎており、ほとんどの弁護士やパラリーガルが退所している。

貴久也は珍しく疲れた表情を浮かべているが、恵麻の目には最初の不審に満ちた色が消えて、落ち着いた光を宿していた。すぐさま、キッズルームに入って陽人を連れて出てくると、居残っていた京香や夢良、磯部に会釈する。通夜会場に直行するらしく急いで出て行こうとしたが、ガラス戸の手前で立ち止まると、長居した詫《わ》びをいって丁寧に頭を下げた。顔を上げると貴久也となにかしら意味ありげな視線を交わした、そんな風に見えた。

それまで眠たげな顔をしていた陽人だったが、突然、恵麻に握られていた手を振り払うとカウンターの上に身を乗り出した。夢良の顔を見て明るい声で叫ぶ。

「つみきにバイバイっていっといて。また会おうなって」

そういって満面の笑みを浮かべる。恵麻が強引に手を引くと、「つみきって凄《すご》く可愛《かわい》いんだよ。素直だし、よく笑うし。将来、楽しみなんだ」と嬉《うれ》しげにいう。それを聞いた夢良は、なぜか頭がかっと熱くなるのを感じた。隣に立つ京香を睨《にら》みつける。

「三星さん、あの子はつみきちゃんに近づけない方がいいと思います」

「なんで」

「なんでもです」

京香が気のない返事を残して、貴久也の方へと近づいてゆく。

「室伏さんの件で手掛かりは見つかりそうですか」

思わず夢良も聞き耳を立てる。貴久也は京香から夢良、磯部へと視線を流し、小さく肩をすくめてみせた。

「とにかく親父《おやじ》に確かめるのが先でしょう。聴取が終わって自宅に戻る途中だと、さっき吉村先生から連絡が入ったので」

「代表がなにかご存じだと？」

「実は今日、事務所にくる前、家にある父親の私物を勝手に調べてみました。古いアルバムには、同じゼミだった室伏さんと父の姿がたくさんあった。他にも親しそうな人間が何名か。サークルの仲間なのか、いつも同じメンバーがグループになっているように思えた」

「それが?」

「恵麻さんがいうには、日本に戻ってからの室伏さんは、当然ながら仕事がなく、昔の友人を頼って働き口を見つけ、生活費を稼いでいたそうです」

「昔の友人? それがサークル仲間?」

「大学時代のことなのかはわからないが、それも含め今夜、親父に尋ねてみるつもりです。三年前、室伏亜弓さんと会ったのか、会ってなにを話したのかも合わせて」

そして言葉を切った。夢良に真っすぐ目を合わせてくる。

「芦沢さん、今は田塚先生の案件を手伝っているんですね」

「はい、そうですが」

「なら、お二人はそのことに集中してください。父の、代表の件はわたしが恵麻さんに協力してもらって調べることにしましたから」

「恵麻さんと協力? どういうことですか」

貴久也は京香を振り返り、「彼女の強い意思です」と表情も薄く答える。「この件は事務所とは関係ありません。代表が逮捕されたなら、正式に受任するかもしれませんが、それまでは私的事案です。吉村先生にも田塚先生にも、今日限りで元の仕事に戻ってもらうようお願いしました」

そういって背を向け、執務室へと戻りかける。途中、キッズルームの窓越しになかを覗いた。つみきが寝息を立てているのだろう。横顔が安堵《あんど》するように弛んだ気がした。

そんな貴久也を見て、夢良はなんとなく、京香を巻き込むことでつみきを困らせたくないと、そう考えたのではと思った。

貴久也のその不安は残念ながら、のちに大いに的中してしまうのだが。

8

恵麻が事務所を訪れた翌日午後に、室伏益男の葬儀が行われた。

早朝から細かな雨が降り続いていたが、昼前に上がって濡《ぬ》れた地面のあちこちに小さな水たまりを残した。日が照り出し、湿気と相まって蒸し暑さがいつにも増して強まる。

会場は自宅近くの葬儀社で、簡素なものだったが家族葬ではなく、出入口には弔問客用の受付が置かれている。

恵麻と陽人は会場奥の遺族席に座っているが、貴久也は受付の近くから様子を窺っていた。

まず、ハンカチで顔を拭《ぬぐ》いながら道比古が現れ、貴久也を見ずになかへ入って行く。その姿を追うように同じ年齢層の男性が入って行った。

葬儀が始まる前に恵麻と少し話をした。白い顔には涙も汗もなかったが、喪服姿が重たげに見えた。昨夜が通夜ではあったが、恵麻の話によると、葬儀が平日であるためだろう、生前室伏と一緒に仕事をした同僚らが駆けつけてくれたそうだ。職場の幹部らしき男女と自宅近所の人も顔を見せ、今日よりも弔問客の数があったらしい。ただ、仕事関係の人は全員、面識がなく、挨拶《あいさつ》程度の言葉しか交わせなかった。それ以外に現れたのは、事件を調べている刑事と地方局のマスコミくらいだと苦笑いするように口元を弛めた。

目を上げると見知った顔が横を向くのが見えた。貴久也を調べた刑事の一人だ。京香がいたならどういう人物か教えてもらえたかもしれない。

やがて読経《どきよう》が始まり、最後のお別れのあと、斎場へと向かうバスが出発した。斎場に向かったのは近所の人ばかりで、道比古は会場に残った。やがてその周囲に似たような年恰《とし》好《こう》の男らが集まり、陽気に言葉を交わし始める。片づけを手伝う振りをして聞き耳を立てた。どうやら古い知り合いらしい。すぐに記帳のページを繰り、呼び合っている名からそれらしいのをピックアップする。

携帯で写真を撮るわけにもいかないので、顔を覚えようとじっと見つめていると、刑事らが近づいてゆくのが見えた。道比古は憮然《ぶぜん》とした顔をしたが、他のメンバーは興味ありげに耳を傾け、質問に応じる風に話を始めた。幾人かが首を振る。刑事がメモを取る。そんなことが繰り返され、やがて解散となった。

じゃあまた、といって別れ、道比古と二人の男性が一緒にタクシーに乗ってどこかへと向かった。

貴久也はポケットから写真を取り出した。道比古の思い出の品だが、自宅の奥にしまわれていたものを無断で拝借してきた。さっき見た顔と、写真の顔に四十年以上の経過年数を加えて想像できる顔とを突き合わせる。大学時代でも特に親しくグループを組んでいたらしい、サークル仲間の面々のように思えた。

その後、恵麻が戻るのを待って車で送る途中にファミレスに寄ることにした。広いテーブルを挟んで向かい合い、一緒に記帳や香典のチェックをし、サークル仲間と思われる人物を明らかにしていった。大半が住所も職業も書かれていない。名前だけでスマホから検索をかけてみる。

すぐに今日現れたサークル仲間全員の素性が判明した。

「みなさん、ご立派な方ばかり。こういう人達と父が知り合いだったなんてなんだか変な気がします」

「そうですか。でも室伏さんも若いころに渡仏されて、ずっと向こうで働いておられたじゃないですか。しかもお母さんは芸術方面で活躍されたのでは？」

恵麻は哀しげに微笑《ほほえ》んだ。喪服のせいか、昨日よりもさらにはかなげに、そして美しく見える。読経に手を合わせているあいだも、サークル仲間らしい男らは恵麻の顔を盗み見ては囁《ささや》き合っていた。

「母は絵の勉強をするつもりだったようですが、すぐにわたしが生まれてそれどころではなくなりました。手が離れるようになって再び、画業に精進しようとしましたが所詮《しょせん》、素人作家どまり。モンマルトルで絵を売るレベルにも達していなかった」

パリのモンマルトルは観光地として有名だ。そこで芸術家を目指す多くの人々が、自作を披露し、売ったり、ときに即席で絵を描《か》いたりして、画家になるための糧を稼いでいる。それなりの力量を持つものが集まる場所でもあるのだろう。

「父はそんな母とわたしのため、色んな仕事をして生活を維持してくれました。だけど、先の見えない不安がいつもあって、わたしはそんな暮らしに見切りをつけたかった。日本に帰って向こうで進学したいといったとき、両親は反対しませんでしたが、心配そうな顔を隠そうとはしませんでした」

「心配そう？　日本で引き受けるお母さんのご両親は健在だったのでしょう？」

「ええ。なにが心配なのかと、わたしも不思議でした」といって恵麻は考え込むように手を額に当てた。「そういえば、飛行機が出る間際、母がいいました。なんていったかしら。確か、なにかあっても一人で悩まないで、必ず誰《だれ》かに相談するのよ、だったかな？」

なにを聞いても、だったかな、と呟き、再び考え込む様子を見せる。だが首を振って、

「聞いてもは変ですよね。やはり、なにかあっても、といったのでしょう。母の不安もわかりますが、わたしは日本に行けることが嬉しかったので大して気にしていなかった。今、なぜ思い出したか、自分でもびっくりです。父の葬儀で、色んな記憶が頭のなかを巡り始めたのでしょうね」と納得するように頷いた。

「親にしてみれば、子どもはいくつになっても子ども。くしゃみひとつしても案じ顔をする」

自身の母親のことを思い浮かべて口にしたのだが、恵麻には辛《つら》い言葉に聞こえたかと気になった。そんな目をしていたのだろう、恵麻は、弾《はじ》けたような笑い声を飛ばした。喪服姿でそんな声を上げたからか、周囲にいた客が目を向ける。隣で膝《ひざ》を抱えながらゲームをしていた陽人も不安そうに母親の顔を盗み見した。

「くしゃみどころか、大変な風邪を引くことになりましたけどね」

別れた夫のことだとわかったが、貴久也は向かいの陽人を見て、聞き流すことにした。だが恵麻は、葬儀を終えたことでちょっとした興奮状態が続いていたのか、堰《せき》を切ったように言葉を繋ぐ。

「夫のことでは心配を超えて、両親に不快な思いをさせたでしょうね。勝手に結婚したわたしを許せなかったのだと思います。式には出てくれましたがすぐにフランスに戻りまし

たし、陽人が生まれても会いにこなかった。仕方なく、わたしが小さな陽人を連れて飛行機で往復したものです。夫と別れたあと、ようやく両親は日本に戻ってきました。ただ、わたしのためというよりは、母の病気のせいではあったのですけどね」

両親を置いて日本に戻り、一人気ままに人生を送った。そんなわたしを父は、娘と認めていなかったのかもしれない、——そういって喉《のど》の奥を鳴らした。やがて涙を溢《あふ》れさせ、嗚咽《おえつ》をこぼし始める。驚いた陽人がゲーム機を放り出し、動揺した顔で恵麻にすがった。

貴久也はポケットからハンカチを出し、恵麻にではなく陽人に渡す。陽人は頷いて受け取ると、母の目を拭おうと手を伸ばした。激しい嗚咽を繰り返し、引きつったように体を揺らす恵麻は、陽人に気づいて無理に笑みを浮かべようとした。そしてハンカチごと陽人の手を握ると体を寄せて、息子を覆うように背を丸める。

貴久也はなにもいわず、待っていた。やがて恵麻は、ハンカチで目を拭い、テーブルの紙ナプキンで洟《はな》をかむと、震える声で詫びの言葉を述べた。

「続きは別の機会にしましょうか」

「いえ、大丈夫です。ごめんなさい、みっともないところをお見せして」

「その姿で泣き崩れるのは少しも無様なことではない」

恵麻は、気づいたように自分の胸元に視線を落として、口元を弛めた。

「そうですね。ごめんね、陽人。お母さん、もう大丈夫だから」

陽人は、母の顔を見、貴久也の顔を見る。頷いてみせると、ほっとしたように肩を揺らし、床に落ちたゲーム機を拾い上げた。

「ありがとうございます。わたし、弁護士さんには良い印象を持っていなかったんです。夫のことで相談したときも離婚の件でも、子どもはどうするんだ、歩み寄れないのかとか、心無いいい方をされて。でも、あなたは違うようですね」

「そういっていただけるのは嬉しい。なにか困ったことがあれば、いつでも相談に乗りますよ」

「まあ、ホント？　弁護士費用はお安くしてもらえるのかしら」と恵麻は茶目っ気のある表情で見返した。哀しみの顔よりも、屈託のない笑顔がやはり一番、恵麻を輝かせる。窓の向こうを歩くサラリーマンも思わず視線を向けるほどに。陽人が母の邪気のない声に安堵したように、再び画面に集中し始めた。

「それでは、当初の予定通り、今日、葬儀に参列された方々からお話を聞くということでいいですね」

　恵麻が頷く。

　貴久也はスマホの画面に出ている写真入りのブログに目を落とす。

　葛道比古と室伏益男の友人杣零児《そまれいじ》。服飾デザイナーであり、イラストや造形デザインも手がける。三十を過ぎたころ、大手アパレルメーカーの新人賞をもらって以降、第一線で活躍していた。アパレル会社の専属を離れてからは、郊外に事務所を開いて様々な分野のデザインを扱っている。

「では、まずこの方から訪ねてみましょう」

9

張り込みを続けていた京香は、ようやく証拠写真を手に入れることに成功した。

青柳理絵子と山家レストランのオーナーである児玉は市内のホテルに揃《そろ》って入り、手を繋いで出てきた。そして地下鉄の入り口手前で、別れを惜しむように抱き合った。そんなスマホ画面を意気揚々と田塚弁護士に見せると、一旦は安堵した表情を見せたがすぐに眉《み》間《けん》に深い皺《しわ》を寄せる。

「もう一点、確認してもらいたいの」

報告をしていた夢良が後ろに立つ京香を振り返る。すぐにデスクに着く田塚に目を戻し、

「なんですか」と訊いた。

「相手側弁護士から、邦広氏の不倫についてまた言及された。不倫を持ち出すならこちら

でも証拠を用意するみたいな」

田塚は前髪をかき上げ、眼鏡《めがね》を持ち上げる。「はったりだとは思うけど、確かめておきたい。理絵子さんの不倫写真を出して、藪蛇《やぶへび》になったら元も子もないし」

「ご本人はどういっておられるんですか」と夢良。

「してない、誤解だ、いいがかりの一点張り」といって唇を噛んだ。「だったんだけど、今になって不倫でなくDVでなんとかできないかといい出した」

「それって」夢良が気の毒そうに田塚を見つめる。

「依頼人のことは信じたいけど、念のため、調べてもらえないかな」

「つまり邦広氏の不倫が事実かどうかですか？」

「そうね。それと理絵子さんのDVを裏付ける第三者の証言が欲しい」

万が一、不倫がお互い様ということになった場合の保険だ。

「理絵子さんの周辺から、彼女が極端にキレやすいとか、暴力的だったみたいな証言が取れるといいんだけど。もっといえば実際に殴られた人が現れてくれると助かる」

「そんな」

「そうよね。たとえそんな証言があっても、邦広氏がDVを受けた証拠にはならない。頭や右腕を怪我《けが》したときの診断書は取れるけど、たまたま当たって転んだだけでしょう、といい逃れしているから微妙だし。顔や腕に慢性的な痣《あざ》でもあれば、まだ説得力があるんだけど。女性から男性に対してのDVは、今の調停委員は懐疑的なのよね」

京香は、あの、と言葉を差し挟んだ。田塚と夢良が目を向ける。

「不倫もDVも有責事項にならなければ、この調停は不調ということですか。審判に移行し、更には裁判になる可能性も出てくる？」

そこで田塚はまたも眉間に深い皺を作る。

「依頼人はとにかく早く片づけて欲しいというばかり。理絵子さんとはもう夫婦生活は送れない、さっさと離婚したいと。その点では理絵子さん側も異存はないみたいなんだけど」

離婚話が持ち上がるなり、理絵子はマンションを出て別居しているらしい。

「え。それじゃあ、協議離婚でいいじゃないですか」と夢良も呆れた声を上げる。

「うーん。だけど、そうなるとほら、慰藉《いしゃ》料とかそっち方面で問題がでてくるわけよ」

「邦広氏はお金が欲しいんですか」京香は目を開いた。そんなに困っているようには見えなかったと、夢良も呟くようにいう。

「別に借金とかがあるわけじゃないんだけど、なんだか悔しいというのよね。好きで結婚したんだけど五年間、幸福だと思えたときはほとんどなかったと。妻が喜ぶと思って必死で稼いで、好きなことを好きなだけさせてきたのに、挙句、大した理由もなく疎まれて暴力を振るわれ、不倫までされた。納得いかない。だからせめて金銭的な負担だけでも負わせたい。これまで貢《みっ》いだ分を取り戻したいと、まあ、そういう理屈」

「貢いだなんて。夫婦なのに」

「もちろん、財産分与はしなくちゃいけない。たとえ主婦、要するに彼女自ら稼いだお金でなくても受け取る権利はある。その辺も引っかかるんでしょう、せめて慰藉料はこっちがもらいたいというの」

「理絵子さんはそれに対して異議を唱えている。だから互いの有責事項についていい合っている、ということですか」

京香は瞬《まばた》きもせずに訊いた。

「そう。理絵子さん側に資産があるとは思えない。だから向こうだって払いたくないし、実際、払えないんでしょう」

「大学卒業して数年働いただけですものね。ご両親はどういっておられるんですか」

「ご両親はもういらっしゃらないの。お母さまは理絵子さんが小さいころに亡くなられて、母方の祖父母に育てられたそうよ。そのお宅が県の北側にあって、家は今も残っているらしいわ」

田塚は隣県に接する山と田畑に囲まれた過疎化の進む町の名をいう。

「彼女のお父様も、お父様側の祖父母も既に他界されたし、残っていたのが育ててくれたお祖父《じい》さまお一人だったそうだけど、その方も去年、亡くなられた」

「じゃあ天涯孤独なんですね」夢良のトーンが沈む。

「そうね」田塚弁護士はパソコンの画面を見ながら、「お身内が側《そば》におられたら、もしかしたら二人は結婚することはなかったかもしれない」と呟き、はっと動きを止めると慌てて別の話を持ち出す。京香は、にこっと笑い、「お気遣いなく」といった。

京香の夫は同じ警察官だった。二人のあいだには確かな愛情があったと思う。そう思って結婚したのだが、京香のなかには幼馴染《おさななじみ》の男性がずっと居座り続けた。そのことをいつしか夫に気づかれて、些細《ささい》なことでもめるようになった。仕事の忙しさや育児疲れを理由に平気で相手を傷つけるようなことをいった。どれもこれもみな京香のせいで、夫のせいだ。つみき一人が罰を負った。

京香の両親は、結婚相手を家に連れ帰ったとき心から喜んでくれた。ただ、母は台所で洗い物をしながら案じる言葉をかけてきた。

『本当にいいの？　大丈夫なのね』

親が全《すべ》てを見通しているわけではない。親の判断が正しいとは限らない。それでも。それでも生まれたときからずっと側にいて、他の誰よりも見てきてくれた人なのだ。理絵子の母親が生きていたなら、邦広氏との結婚をどう思っただろう。同時に一人の美しい女性の顔を思い浮かべる。

室伏益男、亜弓夫妻がフランスでなく日本にいれば、恵麻が付き合う男性をちゃんと見極めていただろうか。そんな埒《らち》もない考えがいっとき、京香の頭のなかを占めた。

　夢良と再び作戦会議を持つ。

「今度は邦広氏を尾行するんですか」

「ううん、やっても無駄。彼が不倫していたとしても、理絵子さん側がそれをいい立てた以上、周到にバレないよう気をつけている筈《はず》よ」

「それなら直接、問い質《ただ》してみますか。本当のことをいってもらえないと力になれないと、誠心誠意尽くして説得して」

　京香は、はいはい、という風に頷く。夢良が途端に不服そうに頬《ほお》を膨らました。

「こういうときは地取り捜査ね」

「ジドリ？」

「周辺を洗う。友人、知人、仕事関係、行きつけの店、遡《さかのぼ》って大学、高校、中学のときの仲間、教師、クラブ活動、塾仲間」

「えぇー、そんなに？　中学まではやり過ぎじゃないですかぁ」

「事件なら被疑者が生まれたときから洗うわよ」

「警察の人ってしつこそうな人が多いですものね」

　京香は鼻から息を吐くと、さあリストアップするわよ、と運動部顧問のように手を叩《たた》いた。

10

貴久也は父親の道比古がなにかを隠していると思っている。

三年前、恵麻の母親と会ったことは認めたが、なにもなかった、ただ旧交を温めただけだといった。当時の亜弓は病気が末期に迫り、外出もままならない状態だった筈だ。そんな人間がわざわざ昔の友人とお喋《しゃべ》りするだけのために、貴重な時間を割くだろうか。それに対しても、道比古は不機嫌そうに、『だからこそ、懐かしい思い出に浸って辛さを堪えようとしたんだろう』といった。

だったら、なぜ、室伏益男には会わなかったのか。亜弓より益男の方が、道比古には親しく心置きなく話せる相手だろう。貴久也を尋問した刑事は、親友と呼んでもいい間柄だったといった。だが貴久也はその問いをせずに父の部屋をあとにした。

ＢＭＷを走らせ、高架橋に差しかかる。

「ここですか」

助手席の恵麻が、窓を見ながら尋ねた。

恵麻の父親と接触事故を起こし、手当するために車に乗せた場所だ。貴久也が室伏益男に会ったのはあとにも先にもその一度きり。

「そうです」と返事し、恵麻の言葉を待つように口を閉じた。シートベルトをいじりながら、恵麻は貴久也のことを気にして、ちらちらと見る。どこまでいっていいのか、なにをいっていいのか躊躇っているようにも思える。

貴久也はそんな恵麻を促すようなことはせず、今日の調査の結果を反芻《はんすう》し、次にすべきことを考えた。

「聴き取りをしながら、関係者のアリバイが事実かどうか確認すべきでしょうね」

「アリバイ……どうやって調べるのですか。警察みたいに聞き込みとかするのですか」

貴久也は、「そうです」と答え、「そういうのを専門にしてくれる調査員が、うちにはいますが」と口にした。

「あの方ですね」とふいに恵麻が強い視線を貴久也に向けてきた。

「はい？」

「三星さんといわれましたか。あの女性のことですか」

貴久也は頷く。本心では巻き込みたくないと思っているが、他にも案件を抱える忙しい身でアリバイの確認までは手が回らない。かといって恵麻に一人でさせるわけにもいかない。ひとまず京香に相談してみようかと考えていると、恵麻が言葉を続けた。

「あの方、他の方と全然雰囲気が違うんですね」

「雰囲気ですか」

「ええ、なんだか」

「なんだか？」

「あ、いえ」と口ごもる。

「怖そうですか」と貴久也が笑いながら告げると、恵麻はなぜか頬を染めた。

「彼女は元警察官なんです。それも一課の刑事だったそうですから、一般人とはなにかしら違うでしょうね」

「刑事さん。ああ、それで」

「はい？」

「あの方、事務所の会議室でお会いしたとき、瞬きも忘れたかと思うくらいじぃっとわたしを見つめてこられて。正直いうとちょっと怖かったんです。きっとわたしがどういう人間なのか、嘘を吐《つ》いているのか、信頼できるのか、見極めようとされていたんですね」

「どうでしょう。本人も気づかないうちに、癖のように体に沁《し》み込んでしまっているのかもしれません。今度、注意しておきましょう」

「いいえ。わたしのようなうさん臭い女がいきなり現れたのだから、それも当然でしょう。

あの方なりに事務所や事務所のみなさんのことを大事に思っていらっしゃる証拠です」

「うさん臭いなどとんでもない。少なくとも父にとっては、あなたも陽人くんも大切な存在であることは間違いない。自身が警察に連行されようとしているときにさえ、あなた方の無事を確認しようとした。違いますか」

恵麻の黒く濡れたような目が真っすぐ貴久也の横顔に刺さる。

「アリバイのことですが、その三星さんにお願いされるおつもりですか」

「そうですね」

恵麻は小さく息を呑むと、「できるだけ、わたしと貴久也さんとでできないでしょうか」といってきた。

なぜ、という言葉は口にしなかった。なんとなくだが、恵麻は京香と距離を取ろうとしているのではと感じていた。同じシングルマザーということが、かえってそうさせるのかもしれないと漠然と思った。

少しの間を置いてから、「そうですね。なんとか二人でやってみましょう」と貴久也は頷いた。ちらりと恵麻に視線を流し、再びフロントガラスの向こうに集中する。

気まずい沈黙が流れた。貴久也は音楽など流さず、あえてその沈黙に身を置いた。恵麻も黙って窓からの景色に集中する振りを続ける。口にすることを恐れ、明らかにすることを躊躇う。そんななかで、さて、どうやって真実を手繰《たぐ》り寄せようかと貴久也は思案する。

三星京香ならこういうとき、どうするだろう。

恵麻の仕事が終わるころを見計らってアポイントを取った。そのときは大丈夫だといわれたが、結局、三十分近く待たされた。

通された応接室は、十五階建ての自社ビルの三階にあって、小ぶりだが清潔感のある部屋だ。

外の蒸し暑さが別世界のように思えるほど丁度いい冷気とほのかな花の香りが部屋を満たしていた。木目調のクロスにモスグリーンの絨毯《じゅうたん》を敷き、奥の壁一面がガラスになっている。強い日差しが降り注いでいるなか、前庭の芝生が光を返して煌《きら》めいていた。黒革の応接セット、壁に岡本太郎の版画、ウォールナットのチェスト、その上には小さな松の盆栽と大振りのガラスケースが載せられている。暇を持て余した恵麻は、ソファの周囲を歩き回り、版画や松を眺めた。ガラスケースには光沢のある大きな二枚貝となかにひと粒の銀灰色の真珠が飾られていた。ケースに貼《は》られたプレートには黒蝶貝《こくちょうがい》と黒蝶真珠と書かれている。

ドアをノックする音がした。じっとガラスケースを見つめていた恵麻は大仰《おおぎょう》に驚いて、慌てて貴久也の側へと足早に戻る。

応接室に姿を現した胡桃沢容平《くるみざわようへい》は、大柄な体軀《たいく》を持て余すようにゆっくり歩いた。鰓《えら》の張った四角い顔に太い眉《まゆ》、切れ長の目をしていて、若いころは精悍《せいかん》な容貌《ようぼう》だったのではないかと思える。貴久也の名刺を片手にテーブル越しに握手の手を伸べ、陽気な声を上げた。

「葬儀でお目にかかったね。挨拶もせず失礼した。だが道比古にこんな立派な息子さんがおられるとはね。やはり、同窓会には行くべきだな。次からはきっとそうしよう。まあ、どうぞ、さあ座って座って」

胡桃沢も、少し前に面会した杣零児も、道比古と同じ大学のサークル仲間だ。胡桃沢は卒業後、現在の商事会社に就職し、創業者の一族で当時専務だった男の娘と結婚した。その後、順調な出世を辿《たど》り、八年前から社長をしている。そしてフランスから戻った室伏益男に仕事を紹介して、なんとか日本で暮らせるよう手を貸した人物でもあった。

「僕だけじゃないですよ。サークルの仲間はみな、室伏が困っているのを聞いてなんとかしてやろうと名乗りを上げた」

「そのことは、杣さんからも伺いました。何人かそういった方がいらっしゃるそうですね」

「杣零児にも会ったのかね」

「はい」

「そうか。もしや、室伏の親しい人間に順次面会していくつもり？」

黙っていると、胡桃沢は、ふむ、といって開いた両膝《りょうひざ》に手を置いた。そして貴久也の隣に座る恵麻を見て、「お父さんのことを調べたい気持ちはわかりますが、それは警察に任せるべきだと思いますよ。ましてや大学時代の友人らは関係ないんじゃないのかな。強盗によるものだという話も聞いている」と声を和らげていう。

「強盗？　それはどちらからの情報でしょう」と貴久也。

胡桃沢はちらりと名刺に視線を落とし、「ネットで見たのだったかな。だから確かとはいえないが、それでもときに真実を語っている場合もある」と口の片端を持ち上げる。恵麻が割り込むように身を乗り出した。

「昔のお仲間が父に仕事のお世話をしてくださっていたことは母からも聞いています。杣さんのところでは、撮影の手伝いをしていたそうです。そのことではお礼をいうべきかと思いますが」となぜか含みのあるようないい方をした。胡桃沢も眉をきゅっと持ち上げる。

「大変失礼なことをいうようですが、わたしは、その仕事のせいで父はなにか困ったことになっていたのではと、そんな風に思えてならないんです」

胡桃沢は平然とした表情だったが、貴久也は軽く眉根《まゆね》を寄せた。

事前の打ち合わせでは、そういう話にはしないと決めていた。急にどうしたのか。もしや杣との面談で聞かされたことに動揺しているのか。そのせいで本人も気づかぬうちに、胡桃沢らサークル仲間に反感を抱くようになったか。そんな思いが一瞬、脳裏を過ったが、すぐに胡桃沢の言葉でかき消された。

「つまり、あなたは、室伏が亡くなった件に、サークル仲間の誰かが関与しているのではと疑っておられるわけですか？」

恵麻は顔を赤くして身を引いた。さすがにいい過ぎたと恥じ入る風を見せたが、そんな仕草すら美しい。胡桃沢も眩《まぶ》しげに目を細めた。

「すみません。わたし自身、父のことをそれほど知っているわけでも、近くにいたわけでもないのに不躾《ぶしつけ》なことをいって。ただ、仕事以外で、父の身辺で事件に巻き込まれるようなことがあったとは思えないものですから」

「そうですか。ただ、室伏がどんな仕事をしていたのかは詳しくは知らない。僕のところでは契約社員として、取り扱っている製品の倉庫管理をお願いしていた。交替制なので、空いている時間は別の仕事をしていたのは知っていましたよ。零児のところに行っていると聞いた気はするが、まあ、撮影の仕事などそうしょっちゅうはないだろうし、他にどんな仕事をしていたのかはわからないな。申し訳ないが、僕がいえるのはそこまでだ」

「そうですか」といって貴久也は姿勢を正して向き合った。「重ねて不躾を申しますが、十六日の夜の所在についてお尋ねしてもよろしいですか」

胡桃沢は軽く目を瞠《みは》り、すっと細めた。「それはもしかして室伏が殺害されたときのアリバイのことかね」

「そうです」

「ふむ。警察ならともかく、君らにまで疑われているとはね」

わたしは室伏や亜弓さんのためにずい分と力を貸したつもりだがね、と詰まらなそうな顔をする。恵麻は恐縮したように肩を縮めたが、貴久也は、それでどうですか、と感情のない声で尋ねる。

胡桃沢は貴久也を睨んだあと、取引会社の人間と会食をしていたといった。

「うちの担当だけでなく、現地の方もいたし、通訳もいた。まさかそんな人らとグルになって口裏を合わせているとまでいわんでくれ」

「わかりました。ありがとうございました」

そういって軽く頭を下げる。

「あの、もうひとつだけお尋ねしていいですか」と恵麻。

うん？ と胡桃沢は小首を傾《かし》げる。

「杣さんにもお伺いしたのですが、父はどんな人だったのでしょう」

「え？」

「最近ではなく、学生時代のころの」

「ああ、若いころね。うーん、そうだなぁ。零児にも訊いたのなら承知かと思うが、まあ、真面目《まじめ》な男だったね。勉強もできたし、人当たりも良くて、誰からも好感を持たれる、そんな学生だった」

恵麻は情けなさそうに口元を歪《ゆが》めた。

「真面目な人間が、決まりかけていた就職を蹴《け》って、母を追ってフランスに行くでしょうか。父は自分の家族にも詳しいことを告げず、なにもかも放《ほう》り出すようにして出て行ったんです」

「うむ。僕らも、フランスに行ったと聞いたときは大層驚いたよ。ただ、真面目なだけに、思い込んだら脇目《わきめ》も振らず、みたいなところはあったかもしれん」というなり胡桃沢は遠い目をした。

杣零児はデザイナーというわりには地味な装いだった。唯一、それらしいのは白髪《しらが》の長い髪を後ろでひとつにまとめているところだろうか。

事務所は県の中心から離れた牧歌的な町の駅前にあった。ロッジ風の平屋の建物で、周囲に宣伝用なのか木製のオブジェが並んでいる。訪ねたときが昼前だったからか、スタッフは一人だけで大きなパソコンの画面を睨みながら、しきりとマウスを動かしていた。乱雑といっていいくらいあらゆる物に溢れ、ガラス窓といわず壁といわず、写真やポスターが貼られ、色彩に埋め尽くされた空間だった。

零児は、葬儀の日に初めて恵麻の顔を見たといった。母親の亜弓にそっくりだといい、当時の亜弓はミス・××大学に選ばれ、男女問わず、他の大学の学生からも憧憬《しょうけい》の目で見つめられる存在だったと、懐かしげに呟いた。

『お母さんはなんというのか、風に揺れるコスモスのような風情があったなあ。心優しい人でね、サークルは男性が多かったんだが、誰であれ不公平なく等しく親切に接してくれた。そのお陰で勘違いする輩《やから》もいたりしてね』

自分もその一人だが、と頭を掻《か》く。

『四十年振りだった』

日本に戻ってきたと聞き、そのとき亜弓の病気のことも知った。室伏とはすぐに再会を果たしたが、亜弓は昔の知り合いと会うのを嫌がっているという話を聞いていたので、自宅を訪ねることはしなかった。だが、とうとう入院したと聞くに至って、杣は我慢できずにこっそり出向いたのだ。変わり果てた姿だったが、それでも昔の美しさは消えずにいたと切なげな目をした。

『仕事？　ああ、そうなんだ。日本に帰ってきたものの室伏に仕事はなく、生活が大変らしいと聞いてね。亜弓さんの治療にも金がかかったのだろう、預貯金も使い果たしたそうだ。そうかそりゃ、なんとかしてやらんとな、って誰かがいい出したものだから、それで俺《おれ》も撮影の仕事を手伝ってくれないかと声をかけたんだ』

聞いていない？　という風に恵麻を見つめたが、恵麻が身じろぎもせずにいるのを見《み》て、察したように頷いた。

『学生時代はねー』と杣は昔を懐かしんでか饒舌《じょうぜつ》になっていった。そこで飛び出した話だった。貴久也とその隣で顔色を変えている恵麻を見て、杣はまずかったかな、という表情をしたが、すぐに笑い飛ばした。

『いやいや、単なる噂《うわさ》だから。大昔のことだし、今さら、どうってことない思い出話さ』

恵麻が真っすぐな目をして、『でもみなさん、ご存じの話なんですよね』というのに、さすがに申し訳なさそうに肩をすくめた。

学生時代、亜弓を巡って葛道比古と室伏益男はさや当てを演じたというのだ。それまでの二人は気が合ったのか、他のサークルメンバーの誰よりも親しい付き合いをしていた。だが、亜弓が現れてからその関係が微妙になった。

最初、道比古が優勢だったという。当時の言葉を使うなら、なりふり構わない猛烈なアタックをかけた。そのお陰でなのかてっきり、付き合っていると思い込むほどに二人のあいだが親密になった時期があったそうだ。

『だけど蓋《ふた》を開けたら、どっちも振られたってことさね』

突然、亜弓は大学を辞めて渡仏した。画家を志す娘のために両親が親ばか気味に支援したという。驚いたのはサークルの面々だ。そんなことは露ほども知らされず、道比古は顔を青くしていたし、室伏もショックを受けたように呆《ほう》けた顔をした。

『室伏なんか、その話を聞いた翌日から大学にこなくなったんだぜ。諦め切れなかったたんだろうなあ』

卒業を控えて、学生らは就職の内定をもらうため走り回っていた時期だ。室伏は勝手に、内定の決まっていた会社に辞退を申し入れ、大学を卒業すると同時に亜弓を追い駆けるように渡仏した。

『あれにはみんなたまげた。まさか室伏がそんな無茶をする男だとは思ってもみなかったからさ。むしろ、やるなら葛の方だろうと、誰もが思ったんじゃないかなぁ』そういった零児は、目をパチパチさせながら貴久也を見、薄く笑った。

『ま、それほど室伏は亜弓さんのことを一心に思い続けていたということだろう。亜弓さんもその気持ちに応《こた》えたわけだし』

そしてこんな綺麗《きれい》な娘さんをつくったんだから、二人は幸せだったんじゃないのかと、嘆息した。『ちょっと早い死だったけどさ』

『でもそれ以来、両親は滅多《めった》に日本に戻ることはしませんでした。母の病気が発覚して、最期のときを故郷でと思い定め、ようやく帰国を果たしたのです』

恵麻は声が震えているのに気づいてか、唾《つば》を飲み、落ち着こうとするように出されたコーヒーをひと口飲んだ。『どうしてそれほど日本を避けていたのか、お心当たりはありませんか』

え、という表情を零児は浮かべた。いっとき恵麻を見つめ、目を伏せるようにコーヒーカップを手に取る。冷めたコーヒーを飲み干したあとも空のカップを見続けていたが、恵麻の視線を感じると諦めたように背を伸ばした。ソファの背もたれに深く沈めながら、両手を頭の後ろで交差させた。

『本当のところはわからないよ。ただ、ちょっとした噂は立った』

『噂』

呟いた恵麻でなく、杣は貴久也へ視線を流した。

『付き合っていた筈の葛はフランスにゆかず、振られたと思った室伏が追い駆けて行った』

あのときの葛は司法試験で必死だったというのもあるだろうけど、なんか妙だなとサークルの仲間内では話したものだといった。

『なかには、二人のあいだで密約が交わされたんじゃないかって、そんなことをいうやつがいてさ』

『密約？』

『そんなわけない。噂、単なる噂だよ』

零児は自分に念を押すように繰り返し呟いた。

事務所を辞去する間際、貴久也は零児のアリバイも尋ねた。きょとんとした表情で、スケジュール帳を繰ると、残業で午前二時過ぎまでここにいたなぁといった。コレクションの発表が終わったばかりで、あと片づけに追われていたという。もちろん、スタッフのほとんども居残っていた。

杣零児から話を聞いてのち、恵麻は小さからぬ疑問を胸に抱えるようになったのではと、貴久也は思っている。

亜弓は道比古と付き合っていた。それなのに卒業を待たず渡仏。一方の道比古は大事な司法試験を控えていた。曾祖父《そうそふ》の代から続く司法への道を捨てるわけにはいかなかっただろう。自身の身に覚えのある道程だから、貴久也は父の気持ちが理解できる。

恵麻は四十五歳だと教えてくれた。亜弓が渡仏した年に生まれたことになる。よもやという疑いが湧《わ》いた。自分の父親がそんな薄情な人間だとは考えたくなかった。そんな人物が弁護士として依頼人のために尽力できるとは思えない。貴久也が躊躇うのを見越していたように、恵麻がぐいぐい核心に触れてゆく。

胡桃沢は驚いたように眉を跳ね上げた。その仕草がわざとらしく思えたのは、貴久也だけではないようだった。

「ご存じだったのではないですか」と恵麻。

「いやいや。そんなの、ただの噂でしょう。亜弓が、いや、あなたのお母さんが道比古との関係を清算するために日本を離れたとか、室伏と道比古がなにか約束を取り交わしたなど、そんなのは彼女に相手にされなかった連中のやっかみですよ。いくら親友同士でもあり得ん」

「そうでしょうか。母は一月ごろにフランスに渡り、父は二月か三月には日本を離れました。そしてわたしがその年の秋に生まれたのです」

「それだけ仲が良かったということだ。羨《うらや》ましい。うちは子どもに恵まれなかったから余計だ。今でこそ社長になって仕事にも暮らしにも不自由がないが、そんなものと比ぶべくもない貴重なものを室伏夫妻は手にされた。幸せだったのではないかな」

だから詰まらないことに捉《とら》われて、あなたの大事な家族を疎《おろそ》かにしないようにと、胡桃沢は切れ長の目を細めた。

陽人のことをいわれて恵麻は、ふつりと口を噤《つぐ》んだ。

帰りの車中で、恵麻は、すみませんでした、と謝った。

「勝手なことを勝手に喋って。あなたのお父様に関《かか》わることなのに、ご相談してからすべきでした」

「いえ、きっとわたしも同じことを尋ねたでしょう」

貴久也は、オーディオを操作し、プレイリストのなかからチェロ曲を選んで「鳥の歌」を流した。柔らかな曲調に乗せて、いいにくいことを告げる。

「あなたのご両親と葛道比古のあいだになにがあったのか、今となれば知る人間は父一人しかいません。だが、その一人に真実を語らせることは、この世のどんな武器を以《もっ》てしても難しいでしょう」

「そうですか。あなたがそうおっしゃるのならそうなんでしょうね。わたしは」

僅《わず》かにいいよどんだあと、恵麻は正面を見つめながらいう。

「わたしは父がどんな人で、なにを考えていたのか、わかろうとしませんでした。一人日本に戻って、祖父母に甘やかされながら成長して、結局、子どもを一人で育てなければならない羽目になったわたしを、父は軽蔑《けいべつ》しているのだと心のどこかでずっと思っていました。母が亡くなってからはいっそうその思いが強くなって、そんな自分にも嫌気が差して父とは距離を取ってきました」

指先で目尻《めじり》を拭い始めたのを見て、貴久也はポケットからハンカチを出して差し出す。恵麻は首を振り、バッグを開けた。キャラクターもののハンドタオルを取り出して両目にきつく当てる。

「父にとってわたしはどんな存在だったのか。フランスの病院で産声を上げたわたしを父はどんな気持ちで見ていたのかしら」

バカなことをいっていますね、すみません、と恵麻はまた謝った。

「謝らないでください。そして先回りするのはよしましょう。唯一わかっているのは、まだなにもわからないということなのですから」

貴久也は顔を横に向けて、真っ赤に染まった目に頷いてみせる。恵麻が困ったように微笑んだ。

11

「勘弁してくださいよ」

「なにが？」

「こんなことしている暇がないのは、三星さんだってわかっているでしょう」

「うん。そうだけど、電話一本で呼び出したわりには、のこのこ出てきてるじゃない。ってことは、そっちもなにか魂胆がある」

班の仲間内だけでなく、よその課員からも忠犬と呼ばれている野添聖巡査長は、悪戯《いたずら》を見つかったときのように上目遣いで京香を見つめる。

「優秀な一課刑事だった上に、昨年は見事殺人犯を追いつめたんですから、そりゃあなにかあるかなとは期待しますよ」

「あの事件は、長谷川《はせがわ》班も目星はつけていたけどね」

県警の一課には、後藤班以外にも長谷川警部率いる班がある。どちらかといえば冷静沈着なタイプの後藤と比べて、長谷川は大ざっぱで昔気質《むかしかたぎ》の刑事だ。部下の面子《メンツ》も違えば捜査の手法も全く異なる。だが、どちらも優秀で互いに検挙率を競うほど、一課にはなくてはならない存在だった。昨年末、長谷川が出張った案件で京香は顔を合わせていた。

「それで、後藤班長はなにを知りたがっているの」

「いえいえ、三星さんから先にどうぞ」

野添がコーヒーをすするのを見て、苦笑いする。

「じゃあ遠慮なく。もうわかっていると思うけど、室伏益男の件でうちの代表についてどの程度の感触を持っているの。その根拠もできれば知りたいけど」

ふんふん、と野添は予定通りという頷きをみせる。そして、スマホの画面を開けて早口でいう。

うと法律事務所の代表である葛道比古のアリバイはグレー。事件当夜、確かに顧問先と会食をしたが、その後、タクシーに乗って帰宅。タクシー会社に問い合わせたが、乗車したのは午後十一時半ごろ。会食がすんだのは九時半過ぎ。そのあいだの二時間なにをしていたのかと尋ねたら、近くにプラネタリウムがあるのを思い出して行ってみたという。

「当然、確認はしたんでしょ?」

野添は、褒められた犬のように丸い目を向けた。

「もちろん。ただ、プラネタリウムは微妙。駅前のビルに入っている小さなもので、ラストショーが七時。九時前には終わっています。本人は、売店や今後のプログラムやイベントのチラシなどをベンチに座って缶コーヒーを飲みながら見ているうち、軽く寝入ったといってます。ビルの入り口にカメラがあって、確かに入出店時の映像はありましたけど」

「空白の二時間がある？」

はい、という。京香は軽く顎に手を当てる。

駅前から現場までなら、車で一時間もかからない。殺害して戻ってくるには十分だ。恐らく、後藤班なら目撃者はもちろん、駅から現場までのカメラ、タクシーなど全て浚《さら》っているだろう。だが、グレーということは、それらから道比古の姿が未《いま》だに見つからないということだ。とはいえ、県弁護士会では名の知れた道比古が、アリバイ工作するにしても、そんな半端なことをするだろうか。いや、むしろ確認できないという点が逆に強みになると考えているのか。推定無罪。弁護士にとっては法に則った最強ともいえる防御の盾だ。

とはいえ、道比古ばかりに構っている筈はない。

「他に怪しいのはないの？」

さすがの野添も、どこまで喋るべきか悩むような顔をした。

「飼い主にお伺いすれば？」というと、さすがにむっとした顔をして、水を飲む。

「室伏の仕事関係を当たっています」

大学のサークル仲間から紹介された仕事をいくつも掛け持ちしてやっていたようだ。現在わかっているだけでも、デザイナー事務所、商事会社、県議事務所、県庁。

「県議に県庁？」

「ええ。さすがにいい大学を出ているだけあって知り合いもそうそうたる面子ですよ」

名前を聞き出し、すかさずスマホに入力した。野添は水を飲み干すと、ゆっくりメモ帳を広げる。今度は京香の番ということだ。

「葛代表の天文好きは本当。うと法律事務所というのもそこからきてる。息子も同じく、暇さえあれば屋上で空を眺めているタイプ。わたしはあの事務所にきて一年にもならないけど、この二人は圏外でいいと思う」

野添は唇を反らせるがなにもいわない。一課での京香の仕事振りを見ているから、適当な話ではないことは承知している。そのまま、班長に報告するのだろうが、恐らく班長も根拠がないものと一蹴《いっしゅう》することはない。少しでも捜査の無駄を省けるのなら、それに越したことはない筈だ。事件は、ある意味時間との勝負。捜査に手間取れば、解決というゴールは遠ざかる。

「室伏の娘が事務所に出入りしているようですが」

京香は、ふふんと鼻を鳴らす。さすがに、監視の目が行き届いている。

「最初、葛代表を疑って乗り込んできたみたいだけど、今では、ジュニア、つまり貴久也さんと一緒に事件を調べているようよ。代表と室伏さんが所属していた、サークル仲間の人らと会って、話を訊いて回っているらしいわ」

野添は、ドッグフード以外の食べ物を口にしたかのような表情をした。

「弁護士事務所のすることじゃないと思いますけど」

「わたしもそう思う。ただ」

「ただ？」

目をキラキラさせる忠犬に、ご褒美をあげる。

「代表はなにかを隠している。少なくともそう思ったから、貴久也さんと恵麻さんは協力して調べようとしているんじゃないかな」

「隠している、ですか。なんだろう」

「さあ。事件とは関係ないことのような気もするけど」

「そうでしょうか」と野添。

「なに？　なにかあるの？」と、今度は京香が目をキラキラさせてみせた。

「事件の前、室伏は貴久也と会っています。貴久也の車に接触したとかで、怪我《けが》の手当をするため自宅に連れて行ったといっていますが、なんとも妙な話じゃないですか」

「へえ」それは初耳だ。恵麻には当然、話しているのだろうが、貴久也はどうしても事務所や京香らを巻き込みたくないらしい。二人は事務所に戻ってきてもすぐに部屋に入ってしまう。そんな風だから、余計にそう思うのかもしれないが、ここ数日、二人のあいだには以前とは違う空気感が漂っている気がする。恵麻の貴久也を見る目は、父親の友人の息子というものではない。もちろん、一緒に事件を調べる相方のような仲間のような存在ではあるだろうが、それ以上のなにかが匂《にお》う。女の勘だ。

　貴久也と恵麻が遅くに事務所に戻った際、夜食用のサンドイッチを二人で食べていた。貴久也がなにかこぼしたのだろう、恵麻がすかさず立ち上がって、濡れた手拭《てふ》きで貴久也のシャツの袖《そで》の汚れを拭い取った。他の人の目に気づいたのか、顔を赤くして慌てて席に戻ったが、貴久也自身、恵麻のその世話を自然と受け入れていた気がする。

　キッズルームに恵麻の息子の陽人を預けることが増えた。貴久也は恵麻が仕事から戻るまでのあいだ、そんな陽人に声をかけ、相手をする。ビルの前の道で、キャッチボールをしたこともあった。まるで家庭サービスに勤しむ父親のようではないか。

「三星さん？」

　はっと意識を戻す。野添の顔を見て、小さく頷いた。

「室伏が接触を図《はか》ったということなのね。どうしてかしら」ふと思いついて尋ねる。「ねえ、その室伏に仕事を紹介した仲間のなかに、うちの代表も入っているの？」

　野添は微動だにしない。なるほど、そういうことか。

「室伏にとって、葛道比古は他のサークル仲間とは一線を画す存在だった。接触を図ったということは、なにか目的があったのよね。だから後藤班は、道比古が隠しているなにかを知りたい。そういうことか」

忠犬は忠犬らしく、飼い主以外の命令には従うまいと瞬きひとつしない。京香は軽く肩をすくめて首を振った。これ以上の情報は手に入らないだろう。精算書を手に立ち上がると、野添が口を開いた。

「あら、オマケをくれるの？」

「いえ。もしかすると三星さんは聞きたくないことかもしれませんけど。僕の判断でお話しします」

京香は、野添の見たことのない表情に目を瞠った。

12

青柳邦広は、ごく普通のサラリーマンに見えた。少なくとも、夢良にはそう見えるらしい。

「最近では余り使われない言葉のようですけど、判で押したような暮らし振り、っていうのでしょうか。邦広氏の日々はまるでそのように思えます」

京香は、ハスラーの運転席から、今、正に勤務しているIT会社の入っているビルを出ようとしている邦広の姿を捉えた。同僚らしい男性が声をかけるが、首を振っているところをみると飲み会のお誘いでも断っているのだろう。

「ほら、ああしてご友人との酒食にも行かれない。真っすぐ自宅に戻られています。やはり、不倫というのは奥さんの当てずっぽうなのではないですか」

「うーん」

密《ひそ》かに、邦広の職場仲間や友人らにも当たってみた。みな口を揃えて、遊んでる話は聞かない、付き合いが悪い、成人しても帰宅部など、褒めているのかけなしているのかわからないような感想を述べた。夢良などは、真面目に帰ることのどこがいけないのでしょう、と邦広の肩を持って憤慨する。

「だって、それならどんな楽しみがあるんだろう、ってことになるじゃない」

「ですから、家庭で過ごす、あ」と夢良も気づいて口を閉じる。

夫婦関係が破綻《はたん》する以前なら、それも考えられたが、今はどうなのだろう。理絵子は離婚調停が始まると、夫名義の自宅マンションを出ている。愛人の児玉の家に身を寄せるのはさすがにマズイと思ったのか、友人のあいだを泊まり歩いていた。それも長期となると難しい。最近では、昔世話になった祖父母の田舎家に戻って一人で暮らし始めたと聞く。大層、奥まったところらしく、山林や農地に囲まれ、市内に出るにも車で一時間以上かかる。そんな場所で大人しくしている女性には見えないが、今は致し方ないと諦めているのだろう。

　田塚弁護士は、仮に、理絵子の有責事項が発覚して慰藉料を支払うことになれば、その祖父の土地を売ることになるのではといっている。理絵子も大した値打ちがないと思っているからか手放すことに異存はない。なのに、意地を張っているのか、邦広の態度が気に入らないのか、一方的に払わされることは良しとしない。さっさと片をつけて児玉と暮らせばいいのに、と田塚などは倦《う》んだ気持ちを独白していた。

　ただ、同じように離婚して娘を育てている京香には、なんとなくわかる。人生、この先、どんなことが待ち受けているかわからない。恋人の児玉の店だって、順調に行くとは限らない。お金はいくらあっても邪魔にならないものだ。主婦らしいことをしていなかった理絵子に分け与えられる財産など、たかがしれている。それすらも慰藉料で相殺され、むしろマイナスになろうとしている。そんなことだけは避けたいと考えるのは当然のような気がする

「それは、邦広氏も同じ考えかもしれませんね。ＩＴ関係といっても将来どうなるかわからないですし、え？」

夢良の言葉になにかが触発された。ばっとドアを開けて車から飛び出すと、京香は全力疾走で邦広の同僚らを追った。

呼び止めた同年代の男女は、京香の顔を戸惑うように見つめる。男性二人は、邦広の女性関係について、以前、聴取したことがあったから、ああ、という顔つきをしてくれた。なかに若い女性が二人いる。青柳邦広についてちょっと訊きたいというと、グループから少し遅れるように歩き出した。

夢良が追いついてきて、ぜいぜいと全身で息を切らす。夕方とはいえ、七月に入って気温も湿度も上昇している。夢良はハンカチで丁寧に汗を拭い、レースの扇子《せんす》を取り出して扇《あお》ぎ始めた。

「それで邦広氏ですが、どういう人ですか。気前がいいタイプですか？　それとも」

京香が尋ねると、女性二人は顔を見合わせ、揃って首を振った。

「どっちかっていうと、始末屋さんよね」髪の長い女性は口元をほころばせる。

「うん。細かい。ケチ」気の強そうな顔をした女性の方は遠慮がない。

仕事仲間との付き合いが悪いのはもちろん、昼食もおごってくれたことはないし、おやつをもらえば喜んで食べるが、自分でなにかを買って差し入れることはないという。

「お茶も会社支給のものしか飲まないし。自販機で缶コーヒー買ったのも見たことない」

京香は、へえ、と感心した風に呟き、すぐに思案顔を作った。

「節約されているんですね。借金でもあるんでしょうか。それとも、なにか目的があってお金を貯めておられるのか。そういった話を耳にされたことはないですか」

二人の女性は、揃って声を上げて笑った。

「借金があるかどうかなんてわからないけど、ようはお金を貯めることが生きがいなんじゃないの。他になんの楽しみもないみたいだし」とずけずけいう。同僚なのに、明日も一緒に仕事をするのにと、こちらがハラハラする。さすがに悪いと思ったのか、髪の長い方が懸命に記憶を辿るように眉間に皺を寄せた。静かに待っていると、そうだ、という。

「青柳さん、パソコンの待ち受けに綺麗などこかの景色を設定していたんですよね。頼みごとをする際だったから、気を良くするかなとちょっと振ってみたら」

そうしたら予想外に反応し、いつかここで暮らすのが夢なんだ、といったそう。

「え？　夢っていったんですか？　海外で暮らすことが？　それはどの辺？」

「うーん。どこだったかな。なんかマイナーなところで。そういう場所って、暮らしにくいんじゃないかなって思ったんだけど。まあ、それなりに心づもりはして行くっていってましたし」

「そうなの？　へえ、知らなかった。だからお金を貯めているのか」ともう一人の女性もさすがに笑わずにいう。

京香は夢良と共に二人に頭を下げ、夜の街へ繰り出す姿を見送った。

夢良が、小さな体を伸び上がらせて京香の目に合わせてくる。なに？　と尋ねると、

「どうして邦広氏がお金にこだわるのに理由があると思ったんですか？」興味深そうな表情を浮かべた。

「彼は理絵子さんにひと目惚《めほ》れして、熱心に口説いて結婚に漕《こ》ぎつけた。思い込んだら猛進するタイプかと思った。だったら、お金に執着するのにもなにか意味があるのかなと」

理絵子がお金を必要とするのは児玉やこれからの暮らしのためだと思ったから、それなら邦広にもなにかあってもおかしくない。

「まさか海外で暮らすこととは思わなかったけど」

「確かに。素敵な夢だとは思いますけど」

「けど？」

「一人で寂しくないのでしょうか。それほど憧《あこが》れ、切望している新天地なら誰かと一緒の方が」

トン、と軽く叩いたつもりだった。だが、夢良は咳き込みながら前のめりに倒れかかる。

「な、なにするんですか」

「あ、ごめん。いや、褒めたつもりのスキンシップだったんだけど」

「褒める？　三星さんがわたしをですか？」とまるで異物でも見るような目を向ける。

「まあね。たまにはいいことというなと」

「た、たまにですか？　あ、またっ」

そうと気づけば京香に迷いはない。すぐさま実行するべしと駆け出した。車に戻り、ドアを閉める。シートベルトを締めてエンジンをかけるも、助手席のドアは開かない。やっと戻ってきた夢良は、顔を真っ赤にして喘《あえ》ぐ。

「なんだ。毎日、階段を使っているから多少は体力がついたかと思ったのに。歩いているから駄目なのよ。走って上らなきゃ」

夢良はなんとか席に転がり込み、シートベルトを手繰り寄せる。そのあいだずっと額に汗を滲《にじ》ませて、喉の奥で嫌な音を立て続けていた。


翌日から大学時代に遡って、邦広の交友関係を浚ってみた。だが、これという女性は浮上しない。その代わりというのか、邦広と理絵子の二人を知る友人から思いがけないことを聞いた。

理絵子は大学生のころから、常に女王様然として取り巻きを置いていた。美人でなんでも、他の人からすればいいにくい相手に対してもはっきりものをいうのが、周囲にはありがたかったのかもしれない。たまたま高校時代から彼女を知る人と口を利く機会があり、そんな理絵子の話になったという。

「苛《いじ》め？」

「そう。その人がいうには、彼女、高校時代は苛めの首謀者だったらしい。昔と変わらないなあ、って呆れるように呟いたのを覚えている」

「それで、苛められたのは高校の同級生とかですか?」

「さあ? その人も詳しくは知らないみたいだった。取り巻きにかしずかれているのを見て、ふと思い出したって感じだったし」

京香はなんとなく気になって、追ってみようと考えた。邦広の不倫相手はともかく、もしやそれで理絵子のDVに真実味を持たせられるかもと思ったのだ。

高校時代を調べてみた。確かに、それらしい事実は浮上した。夢良など、鬼の首でも取ったみたいに鼻の穴を膨らませた。

「やっぱり、そういう女性だったんですね」

「そういう女性って?」

「乱暴で、人を人とも思わないで自分勝手にふるまう。わたしもそういう人から迷惑を被っている経験があるからわかります」

「へえ。そうなの」という京香を、なぜか夢良は睨みつけてくる。

ただ救われたのは、その苛めの標的になった女性はいっとき心を病んで引き籠《こも》るようになったが、今はなんとか外に出て働けるまでに回復しているということだった。

「本人に会って証言を得るのが一番手っ取り早い」

「また、そんな乱暴なことを。たとえ今は元気に暮らしておられても、心の傷は消えてなくなるものではないんです。他人がどかどかと土足で踏み入っていいものではありません」

夢良のむきになる顔を見て、さすがの京香も口を閉じる。夢良には、そんな人間を間近に見ている過去があることを思い出したのだ。残念ながら悲惨な結果となって、夢良はそのせいで警察を激しく嫌うことにもなった。

「じゃあ、取りあえず、周囲から攻めてみよう」

高校時代の理絵子を知る人間を辿り、理絵子の取り巻きで苛めに加担したと思われる人物へと行き当たった。

「苛めっていうほどのことじゃないと思うけど」

理絵子とは高校卒業以来、音信不通だという女性は、そういって開き直った。今も、その苛めた女性の家の近所に住んでいて、時どき顔を見るよといって笑う。

「あの子も悪いのよ。細かいところは覚えてないけど、仲間の誰かが嫌がることをして、それに理絵子が腹を立てた。たぶん、そういうのが発端だと思う。理絵子、ちょっと乱暴なとこあったからね。気が短いっていうのか」

「でも、そのせいで、女性は引き籠ることになったんですよね」と夢良が咎《とが》めるような口調でいう。女性は気分を害したようで、「そうらしいけど。でも、今は普通に働いているよ。角のコンビニ。会ってみればいいじゃん。元気だよ」と早口でまくしたて、イチゴパフェを食べ尽くすとさっさと店を出て行った。

13

さすがに県議会議員は、忙しいので急なアポイントは取りかねるといってきた。弁護士の肩書を告げても、道比古の息子だといっても無理だといわれる。仕方なく、県庁を先にしましょうといって車を向けた。

道比古と同じサークルに属していた多賀稔《たがみのる》は、今は県庁を勇退して建築会社の役員として再就職している。時間に融通が利く役職らしく、恵麻が早退できる夕方という申し出にも快諾し、社に向かうと既に応接フロアで待っていた。

多賀は小柄で猫背気味。額部分の髪が後退しているせいで顔は細長く見える。十人中十人がみな、多賀を見てサラリーマンだというだろう。そういう平均的な人物ほど、その身上を調べることは難しい。家族は妻と妻の母の三人家族。息子が一人いるが、東京で就職して結婚、こちらに戻る気配はない。多賀の経歴も大学卒業後は県庁に入り、色々な課を経験したあと定年を迎えた、の一行で終わってしまう。

その県庁時代に都市計画課の課長を務めたお陰もあって現在の職なのだろうが、ほとんど書類に判を押すだけで終わる仕事だと本人は苦笑いを浮かべる。役所の人間らしく物腰も柔らかだ。かといってお喋《しゃべ》りでもなく、余計なことを語って墓穴を掘るような仕儀にならない癖が体に沁《し》み込んでいる風でもあった。今回は貴久也がメインとなって尋ねる。

「室伏さんと再会されたのはいつですか」

「えっと、四、五年ほど前かな」

「奥さんの亜弓さんが病に罹《かか》っていることも、そのとき聞かれたのですね」

「そうですよ。本当に気の毒でした。あんなに綺麗《きれい》な人は、あとにも先にも彼女以外にはいなかった」

そういって、貴久也の隣に座る恵麻に向けて、にこやかに微笑《ほほえ》んだ。お母さんに似ていらっしゃる、と付け加える。

「その際、室伏さんの窮状を知って手を貸そうとされたと伺いました」

「そうですよ。フランスから急に日本に戻ることになって、室伏も仕事が見つからず困っていると聞いたので」

多賀は、県庁を定年退職しようかという時期だったが、なんとか案内係として押し込むだけの余力はあったという。

「これでも一応、本庁の課長職までいきましたから、それくらいはね」と控えめながらも胸を張る。だが、受付係は他にもいて、毎日出向く必要はなかった。杣の仕事が入ったときは交替してもらってそちらを手伝い、胡桃沢のところの仕事は週に二日ほどだったから支障はなかったのだろう。

「県議の事務所でも仕事をしていたと聞きましたが」

「ああ。門馬《もんま》さんとこね。県と県議ですからね、よく顔を合わせていましたよ。それでどうするんだって訊《き》いたら、選挙関係の仕事を手伝ってもらうことにする、といったかな。まあ、それこそしょっちゅうある仕事じゃないから、実際、室伏はどれほどの収入を得ていたのか」

「奥さまの治療にずい分、かかったと聞いています」

隣で恵麻が身じろぐ。その娘は離婚して、自分の子どもを育てるので精いっぱいだった。病を負った母のためになにもできなかったことを今も引け目に感じている。恵麻が室伏の事件を調べたいと思っているのは、それが大きな理由のひとつだろう。真実を追及することが、家族の務めだと思っているのかもしれない。

貴久也は気づかぬ振りをして、「どれもアルバイト的な仕事ですから、おっしゃる通り、生活費を稼ぐ程度だったでしょう。だとすると、治療費はどうされたのか、ご存じではないですか」と尋ねる。多賀は、顎《あご》をさすりながら、さあ、と宙を見つめる。嘘《うそ》をいおうか、適当に誤魔化そうかという気配が見て取れた。機先を制するため、「借金をしたということはありませんか。ただ、こちらの恵麻さんが遺品を整理しても借用書のたぐいは見つからなかったそうですから、もしや消費者金融のようなところではなく、個人的な知り合いから借りたのではないかという気もするのですが」と告げた。

多賀は、なんだ、という顔をする。「ああ、そこまでご存じなら。そうですよ、誰《だれ》からかは知りませんが、まとまった金を借りられたようなことを室伏から聞いたことがあります」

「どなたかご存じないのでしょうか。同じサークルの方ならおのずと限られると思うのですが」

「知りませんね。サークルの連中とも限らないとは思うけれど。ただ」そこで一度言葉を切り、亜弓さんが亡くなっても仕事を続けていたということは、その借金を返すためだったんでしょう、と嘆息した。

そして、テーブルに置いた貴久也の名刺に視線を落とすと、ふいに顔を上げる。これまでの、窓口で市民を相手にしていたようなものではなく、どこか探るような目の色に変わっていた。

「あなた方がこうして仲間内を訪ね回っているのは、室伏があんな目に遭《あ》ったのが我々の誰かの手によるものと考えておられるからかな」

貴久也は黙って見つめ返した。多賀は、大仰《おおぎょう》なくらいに悲しげな表情で首を振る。

「困っている昔の友人のためにあれこれ力を貸したのを、そんな風に捉《とら》えられるとは、残念ですね。実に遺憾《いかん》だ」

恵麻の膝《ひざ》の上の拳《こぶし》がきゅっと縮まる。

「みなさんの親切には、室伏さん自身、感謝されていたと思います」といって貴久也は一歩引いて、新たに問い質《ただ》す。「ただ、仕事上でなにかトラブルはなかったかと調べています。その点をお伺いしたい」

「ふん。県庁の受付でトラブルなどあり得ないでしょう。他の仕事だって、大したものじゃないんだから、ちょっと考えにくいと思うが。人殺しをするほどのもめごとなんてあり得ない」

「ですが県庁は県全体の行政事務が集約される場所です。つまり県で起きるあらゆる情報が集まる」

多賀の表情が急変した。途端に言葉遣いまでぞんざいになる。

「おい、冗談いうな。受付ごときが、県の重要機密に触れられるとでも思っているのか」

「受付に過ぎない室伏さんですが、課長職であった多賀さんとも県議である門馬さんとも親しい」

「な。失礼なことというな。わたしらが、昔のよしみでぺらぺら喋ったとでもいうつもりか。

いくら道比古の息子でも、侮辱《ぶじょく》すると許さんぞ」

多賀は尖《とが》った頬骨《ほおぼね》の周辺を真っ赤に染めた。貴久也は平然とした目つきで、そんな多賀を見つめ、ゆっくり瞬《まばた》きをする。

「ではお伺いしたいのですが」

多賀は、なにが「では」なんだ？　という風に目を尖らせる。

「四十年以上音沙汰《おとさた》のなかった室伏さんのために、皆さんは手を貸そうと結束された。そんな麗しい友情の輪に、なぜ、葛道比古は加わっていなかったのでしょう」

目をパチパチさせていたが、大きなため息を吐《つ》いて、多賀は、そんなことか、といった。

「それは、あれだろう。大学時代の三角関係を知っているから、みな道比古には声をかけ辛《づら》かったんだ。それだけだ」

「四十年も前の話なのに」

「知らんよ」ぷいと顔を背けると、たまたま恵麻と視線が合って困ったように目を瞬かせた。「確かに古い昔話だが、ただ、こうして亜弓さんにそっくりな娘さんもいるわけで。室伏がいい顔をしないんじゃないかと、こっちが勝手に慮《おもんぱか》ったってことだよ」

「実は、道比古は三年前、亜弓さんと会っていました」

「え」とさすがの多賀も驚く。「そうなの？　変わり果てた姿を見られたくないから、昔の仲間とは会いたくないといわれて、わたしらは遠慮したのに。ああ、そうか。やはり彼女は道比古のことが」とそこまでいって、彼らの息子と娘が前にいることを思い出したように口に拳を当てた。

「多賀さんは、どう思っておられますか」

「なにが」

「こちらの恵麻さんが、もしや道比古の娘ではないかと、疑問に思われたことはないですか」

「な」と絶句し、貴久也と恵麻とを交互に見やった。「よくもまあ、そんな失礼なことを本人の前でいうな。さすがは道比古の息子だよ」

掌《てのひら》で顔を無造作に撫《な》でまわす。顔半分を覆いながらため息混じりに言葉を続けた。「あいつは、道比古は学生時代、司法試験に受かることとだけ、弁護士になることだけ考えていた。それがそんなに大事なことなのか、正直、我々にはわからなかった。その癖、美貌《びぼう》の亜弓さんに恋焦がれるという純情な一面を見せたかと思うと、彼女が渡仏した途端、まるで他人事《ひとごと》のように無関心になった。冷徹なのか、情熱家なのか。君の物いいを聞いていると、まるであのころに戻った気がする」

だから酷《ひど》く疲れる、もう帰ってくれんか、と腰を浮かす。そのまま立ち上がることなく、中途に浮かしたまま、短い躊躇《ちゅうちょ》のあと口早にいった。

「どうやら室伏のことで疑われているようだから、先にいっておくがね。わたしにはアリバイがあるよ。昔の県庁仲間と飲み屋に行っていた。これは警察にもいっていることだ。今のところ逮捕されていないから、証明されたんじゃないか」

そうして立ち上がると、戸口に向かい、扉を大きく開けて促す。

貴久也は立ち上がりながら、「多賀さん、お願いがあります」といった。多賀は面倒臭そうに目を向ける。

「門馬さんに面会できるよう手を貸してもらえませんか」

多賀は呆《あき》れた表情を浮かべ、すぐに苦笑いをこぼした。

「全く、本当に道比古と話しているようだ。あいつもそんな図々《ずうずう》しいところがあったな。手段を選ばない、みたいな」

そういって片手でハエを追うような仕草をすると、先に応接室を出て行った。

土日を挟んだ四日後の月曜日、門馬県議から連絡がきた。

14

貴久也が県議と面会の約束を取り付けた日、京香は夢良に、午後から保育所で懇談会があるといって、事務所を出てきた。野添と会ってから十日ほどが経《た》つ。

ハスラーを正岡西《まさおかにし》警察署の一般用駐車場に入れて、ドアをロックした。表玄関の短い階段の先にある自動扉越しに人影が見え、京香は動きを止める。

そのまま待っていると人影が表に姿を現した。軽快に階段を下りると、京香のすぐ前まで駆け寄り、頭を下げる。

「先輩、お久し振りです」

佐々木《ささき》飛鳥《あすか》は、満面の笑みを浮かべた。身長が一五八センチしかない飛鳥が、一七六センチの京香を見るときは必ずそうしていたように、背筋を伸ばして、白い顎を突き出した。柔らかなくせ毛の髪は伸びて、後ろでひとつにまとめられている。それが動くたび揺れて、大きな目と相まって、飛鳥を小動物のように見せた。

京香の後輩で元捜査一課刑事。二十八歳で、今は巡査長。野添聖から、個人的な話だといって聞かされたのは、この飛鳥のことだった。

京香が警察を辞めることになった背景には、この飛鳥の存在があった。

一課に赴任して間もない飛鳥が、大きな事件で失態を犯した。パニックを起こした飛鳥が、必要のない発砲をしたのだ。更に悪いことには、京香を含めた後藤班はそのことを隠《いん》蔽《ぺい》しようとした。ところが、どういうわけか、その事実を当時の刑事部長だった坂巻《さかまき》に知られ、飛鳥は後藤らが処分を受けないことの見返りに、部長からのセクハラに忍従していた。

　その事実を知った京香は、キャリア刑事部長に手を上げた。飛鳥を庇《かば》うためでもあったが、なにより警察官としてあるまじき下劣さに怒り心頭に発したからでもある。ただ、キャリアを殴った事実からは逃れようがなく、京香は処分を受け、間もなく辞表を書いた。部長を殴ったのは京香の意志で誰をも責める気はないし、飛鳥にも気にせず、仕事を続けて欲しいといったことに嘘はない。

　それから会うことはなかったが、所轄の生安に異動したことまでは知っていた。また、先日会った野添の口から、昇任試験の一次二次を順調にクリアしていて、このますんなり合格するだろうということも聞かされていた。

　そのせいもあってか、白いブラウスに黒のパンツを穿《は》いた飛鳥は自信に溢《あふ》れ、仕事に誇りを持って邁進《まいしん》しているように、見えた。

「元気そうで良かった」

「ありがとうございます。先輩、ご無沙汰して本当にすみません。新しい職場や仕事に慣れるのに大変で」と一旦《いったん》言葉を区切る。「それに先輩が法律事務所に勤め始めたと伺ったので、警察官が接触するのもはばかられるかと思い、遠慮していました」

「そうなの。気を遣わせたわね」

　京香のそっけない口調に、勘のいい飛鳥は目を細めた。すぐに、近くにいい喫茶店があるので行きましょうか、と歩き出す。所轄署のなかでは話せないことだと承知しているのだ。

野添が教えてくれたことは、京香には思いも寄らないことだった。

『佐々木飛鳥は、今年の昇任試験に受かれば、次の異動で本部に戻るだろうと、確かな筋から情報を得ています』

特別なことだとは思わなかった。元々、優秀だから一課に抜擢《ばってき》されたのだ。意欲があり過ぎてミスを犯し、それを後藤班は隠そうと図った。そんな真似《まね》をしたのも、要は飛鳥の優秀さをこんなことで失いたくないと考えたからだ。

『それをあと押ししているのが、坂巻さんだという噂《うわさ》があります』

え、という形に口を開けたまま、声にできずに固まった。

元S県警の刑事部長、坂巻広達《こうたつ》。キャリア警視正でセクハラ事件のあと他県に異動したと聞いている。

『よそへ動いてもキャリア警視正であることは変わりませんからね』と野添が卑屈な笑みをこぼした。だから古巣の人事や監察辺りに圧力をかけてもおかしくないというのだろうか。

『それはもしかして罪滅ぼし？』といってみる。野添は黙って首を傾《かし》げた。

『そのことを佐々木飛鳥は知っているの？　つまり坂巻部長が関与していることをだけ

ど』

答えの代わりに野添は、『後藤班長は、戻ってきてもうちには絶対に入れん、といっています。まあ、実際、辞令が出たなら拒絶のしようがないと思いますが』と、犬が尻尾《しっぽ》を垂らすような声で呟《つぶや》いた。

後藤班長の言葉は、飛鳥と坂巻のあいだに、ある種の疑惑があることを示唆している。

飛鳥のあとに続いてドアを潜《くぐ》る。

喫茶店ではなく、よくあるファストフードだ。安価だが煮詰めたような味のコーヒーを買って、二階の隅の席に陣取る。京香がソファ席側に座り、飛鳥は向かいに腰を下ろしてテーブルにスマホを置いた。ふうふうと息を吹きかけ、小鳥が餌《えさ》をついばむようにカップに口をつける。

捜査一課の刑事が、一年もせずに本部を追い出されたのだ。所轄でも一時は噂になっただろう。生安課では飛鳥はどんな存在なのだろうか。

じっと見ていると、顔を上げてにこっと笑いかける。つられて笑いそうになるのを堪《こら》えた。

京香の考えを読み取ったのか、取りあえずの接《つ》ぎ穂《ほ》をと思ったのか、今の職場の状況を語り始める。

「少年係です。ベテランの係長がいらっしゃるので、わたしはそのお手伝いみたいなものですね」

「そう。わたしは生安方面は詳しくないんだけど、正岡西は忙しいの？」

「ここ自体、中規模署ですし、取り扱う案件もそれほどじゃありません。今は刑事事件の年齢が引き下げられましたから、うちよりも刑事課の方が大変なんじゃないでしょうか」

「その分、事件の低年齢化は進んでいるわ」

「はい。半グレも中身によってはうちで扱いますし。中高生が混じっていたりすると組対と協力して当たります」

「ああ、半グレ」

「ええ。うちの正岡西管内にもいくつかあって、このあいだは半グレの最大グループのなかに小学生が混じっているのを見つけました」

「そう」

京香は薄い反応を示して、そろそろ、という目を向けた。

「わたしはともかく、あなたは勤務中だから近況伺いはそれくらいにして用件に入るわね」

そういうと飛鳥は唇を引き結び、両手で包んでいたカップをテーブルに戻した。

「単刀直入に訊くわ。あなた、坂巻部長と連絡を取り合っているの？」

飛鳥は感情のない目を向ける。一課にいたとき、こんな目をしていたことがあっただろうか。少なくも京香は見たことがない。

「そんな噂を聞いた。あなたは次の昇任で本部に戻る、それは坂巻さんのごり押しがあったからだと」

ふっと飛鳥の目元が弛《ゆる》んだ。「ごり押しなんて」

「違うの？」

飛鳥は、可愛《かわい》く小首を傾げる。黙って答えを待つ。飛鳥は肩で息を吐くと、やれやれ、といった。

「やれやれ？」思わず目を尖らせる。

飛鳥はそんな京香を逆に睨《にら》んできた。

「先輩、わたし、遊び半分で警察官になったわけでも刑事を目指しているわけでもないんです」

「な」なに、そのいい方。「わたしがいつ遊び半分に刑事やっているっていった？」

「失礼しました。でも、先輩のようにタッパがあって運動能力にすぐれ、その上、頭の回転も速くて正義感に溢れている人にはわからないでしょう。だって、わたしはこんなですから」

「こんなって？」

「色が白くて美人だ、小柄でか弱そうで警察官にするにはもったいない。さすがに早く嫁さんになれなんて問題発言はされませんが、音楽隊のミニスカートが似合うのじゃないか、現場は危ないから行かなくていい、同僚のために後方支援してやれ、そんな風にいわれ続けてきました。でも、わたしは刑事になって現場に出たかった。そのための努力もしました」

「でしょうね。そうでなければ、一課に呼ばれることはない」

「はい。物凄《ものすご》く嬉《うれ》しかったです。そして、三星京香みたいな、わたしが理想とする女性刑事と出会えた幸運を感謝しました。なのに、わたしはしくじった」

そういって視線を手元に落とした。京香も目を伏せる。若くて人一倍意欲があって、認められたいと気負う気持ちが強すぎたために起きた、ある意味仕方のないミスだ。だが、警察の仕事で仕方ないですまされるミスはあってはならない。

「先輩も、後藤班のみなさんも庇ってはくれましたけど、ミスはミスです。きっと異動命令が出ると思いました。昇任でもないのに年数も経ずに一課を出されるということは、もう戻る目はないということです。そんなことは絶対、嫌でした」

京香は眉根《まゆね》を寄せる。飛鳥はなにをいおうとしているのだろう。京香の胸を薄墨色の不安が覆ってゆく。突然、甲高い声が響き渡った。目を向けると、端のテーブルで学校帰りの高校生らが集まってハンバーガーやポテトを齧《かじ》っている。ゲームをしたり、お喋りしたり、手を握り合ったり。周囲のことなど少しも目に入っていないようだ。これほど賑やかなら内緒の話をするにはうってつけだ。

「そんなとき、部長が取引を申し出てきました」

「取引？」あんな警察官にあるまじき下卑た行為が、取引だというのか。

「先輩もそんな顔をされるんですね。どんな凄惨《せいさん》な遺体を見ても眉ひとつ動かしそうにないのに」

「わたしをなんだと思っているの。刑事である前に人間よ。嫌なものは嫌。許せないものは許せない」

ふっと息を吐く音がした。飛鳥が首を傾けたまま、テーブルのカップをもてあそぶ。

「わたしから誘った、といったら、先輩はどうします？　許せないといって拳で殴りますか。部長を殴ったように」

思わず絶句する。

深夜の部長室。鍵《かぎ》を開けて飛び込み、現場を押さえて問い詰めたときの部長の顔が脳裏に蘇《よみがえ》る。ソファの上で泣き崩れる飛鳥を見下ろし、わからないという表情をしていた。

「そんな。佐々木、まさか」

返事をしない。

「どうして」体が前のめりになる。いきなり飛鳥が顔を上げ、暗い目をぶつけてきた。

「どうしてそこまでするのか、ですか？　それは、仕事をしたいからです。男性警官が多数を占める警察のなかで、女性警官が存分に働くためには、男性に疎まれ、嫌われないことが肝心です。可愛がられ、親しまれてこそ、仲間と認められる。わたしみたいな容姿の人間は特にそうです」

「あなた、そんな風に思って仕事をしていたの」

「だから、先輩にはわからないといっているんです。男性刑事に見劣りせず、班長にも認められ、野添さんにも信頼される、ある意味、班のなかで先輩は女性でも男性でもなかった。一人の刑事で、一人の同僚。先輩の行動も言葉も全《すべ》て、男性刑事と同じ重みがあった。そんな風になりたかった、そんな風になって活躍したかった。だけど、わたしにはなれない」

ふいに京香は、長く恋心を抱き続けた幼馴染《おさななじみ》の顔を思い出す。

自分は背が高くごつごつして、女性らしい柔らかさがない。子どものときから体力自慢で、男勝りだった。だから、自分は受け入れてもらえない、女性と認めてもらえないだろうと勝手に決めて、勝手に諦《あきら》めた。そのくだらなさに気づいたときは既に遅く、二度と取返しがつかないとわかった。それ以来、ずっと後悔し続けている。

目の前の佐々木飛鳥は、そんな京香と同じ過ちを犯そうとしている。

「違う。佐々木、思い違いしないで。それはあなたの勝手な思い込み。ちゃんと見なさい。あなたの周りにいる上司、同僚は、上司であり同僚であって、それ以外のなにものでもない。ちゃんと仲間を信じて、警察を信じて」

「止《や》めてください。もうそんな説教をする立場でないことがわからないんですか。今の先輩はもう一課の刑事でも警官でもないんです。わたしが誰と付き合おうと、誰を利用しようとあなたにとやかくいわれる筋合いじゃない」

「佐々木っ。そんなことしてどうなるの。あなたはいったいなにがしたいの」

「もちろん、一課に戻って刑事になるんです。凶悪事件の現場を踏んで、被疑者を捕まえるんです。そのためなら、どんな手段だって使います」

「な」

それが本当の刑事だというのか。そんな言葉を呑《の》み込んだ。刑事に偽ものも本ものもない。国民の身体、生命、財産を守る。それを脅かす犯罪者を追い、逮捕し、送検する。それだけのことなのだ。それができるのが刑事で、警察官のすべきことなのだ。

過程は関係ないのか。どんな手段を使っても刑事となって被疑者を逮捕するなら、問題ないのか。

『嫌なものは嫌』

自身の言葉を口のなかで繰り返す。唾《つば》を飲み込み、佐々木飛鳥の青ざめた顔を睨んだ。

「そんな刑事、わたしは刑事とは認めない」

飛鳥の大きな目は憎しみに歪《ゆが》み、白い頬《ほお》は赤く染まって痙攣《けいれん》する。

失礼します、といって飛鳥は背を向けた。

わあっという歓声が上がった。振り返った先で、女子生徒がスカートを膝までまくし上げ、床にはいつくばる男性生徒の背に足を置いている。ふざけて啖呵《たんか》を切るような真似をした。踏まれている男子生徒は、悲鳴混じりの笑い声を上げる。周囲も笑い転げ、女子生徒は悦にいった風に髪をかき上げた。誰かが口笛を鳴らすのが聞こえた。

15

上着を脱いだせいで、せり出した腹は丸見えとなった。そのことを隠すというより、むしろひけらかすかのように大きく股《また》を広げてソファに深く座る。

県議会議員の門馬久教《ひさのり》は、貴久也を一瞥《いちべつ》したのちは、ずっと恵麻ばかりを見ていた。

「お母さんにそっくりだな。まあ、彼女の方がなんというのか、はかなげで憂いのある雰囲気だったが」

恵麻は無表情のまま門馬の視線を躱《かわ》す。

貴久也はこれまで、親しい弁護士のツテを辿《たど》って門馬の身上経歴、特に議員となってからの行跡について調べられるだけ調べていた。もちろん、議員に与《くみ》する側と様々な形で敵対関係に位置する弁護士の双方からだ。そうでなければ正確な情報は手に入れられない。

門馬は、大学卒業後、経営コンサルティングの会社に就職し、そこで知り合った食品会社社長の娘と結婚。妻の会社が後援している議員と親しくなった。その後、会社経営は妻と妻の弟に任せ、県議に立候補。一度目は落選したが、その次の選挙では当選。その際、当然ながら食品会社から支援を受けたし、それは現在も続いている。だが、選挙は金がかかる。選挙の際には表に出ない資金援助を、恐らく食品会社の取引先などから得ているらしいという噂があった。噂にとどまっているのは、現在まで、何度か警察の取り調べを受けたことはあっても、政治資金法違反で挙げられたことが一度もないからだ。批判的な弁護士は、単に運が良かっただけだと皮肉った。そうした援助先に、大学時代のサークル仲間は入っていないのか確認してみたが、さすがにわからなかった。

門馬は恵麻を横目に見ながら、ぶ厚い手でネクタイを弛めて息を吐いた。

「四、五年ほど前だったかな、室伏が日本に帰ってきたことを知った。その際、暮らしに困っていることを小耳に挟んだんだ。まあ、長く音信は途絶えていたが、学友でもあるしな。なんとかしてやろうじゃないかって、えっと誰だったか、多賀だったか胡桃沢だったか、それがいい出しっぺでそれぞれ仕事を紹介してやろうってことになった。二人には選挙のときなど世話になっているんで、声をかけられたらわしも手を貸さないわけにはいかない。ま、そんなわけで、うちでは選挙用のチラシの封入だとか、名簿の整理とか、そんな雑用仕事に無理やり雇い入れた。そうだな？」

そういって門馬はソファの後ろに控えている事務員に声をかけた。門馬事務所を任されている男は、はい、といって頷《うなず》き、帳簿のようなものを差し出す。もったいぶるようにページを繰る門馬に、貴久也は杣や元県庁の多賀にしたような質問をする。どれにも淡々と、興味なさそうに答えていたが、亜弓と室伏、道比古の関係について尋ねたときだけ、面白そうに話し始めた。

「そうそう、道比古と室伏は仲が良かったんだが、亜弓さんのことで一時、険悪な雰囲気になったりしてなぁ。まあ、男ぶりも当時は道比古の方が良かったし、なによりやつには金があったから一歩も二歩も優勢だったろう。ところが実際にフランスまで追いかけて行ったのは室伏なんだから、人間わからんもんだ」

貴久也は、門馬のこれまでの言動から、この人物には深く掘り下げた聞き方はしない方がいいと判断した。仕事で議員を相手にすることはあるが、その人格、品性はそれこそピンキリだ。安易に男女の話を持ち出せる相手ではないことはすぐにわかるし、そのせいで嫌な目に遭《あ》ったことも数えきれないほどある。適当に切り上げて、室伏の事件の話をしようとした。だが、恵麻はむしろ門馬にこそ訊いてみるべきと思ったようだった。

「他の方々は、母は葛道比古さんと付き合っていたと思っていらっしゃったようです」

「かもしれんな。だが、わしはそんな風には思ってなかった。なんでかな。あ、そうか」

貴久也も恵麻もじっと門馬に視線を注ぐ。

「確か、本人に聞いたんじゃなかったかな」

「本人？　亜弓さんですか？」

「違う、違う。道比古だよ、君のお父上」

「なにをですか」

「うーん、ずい分、昔のことなんで正しいかどうかはわからんが、うまくやったじゃないか、みたいなことをいったら、否定した気がする」

「否定？」

「ああ。それでたぶん、道比古は首尾にしくじったらしいと思ったんだな、わしは。でも、亜弓は妊娠してたんだから、関係は持ったということだよね」

貴久也は息を呑み、慌てて隣の恵麻を見返った。恵麻の目は、光を呑み込んだように黒々と濡《ぬ》れている。

「え、そうじゃないの？　向こうに行って、すぐあなたが生まれたんだから、道比古が父親かと。違うの？　じゃあ、やっぱり室伏なのか。ふうん、うまくやりやがったな」

いや、と門馬は下卑た笑みを浮かべる。「案外と、道比古のやつが無理やり亜弓さんをはらませ、始末に困って室伏に押しつけたとか。二人はいうなれば親友の間柄だった、というか室伏はどちらかというと道比古の子分のような」

「門馬さん」さすがに貴久也は声を張った。恵麻は両手を神経質に何度も組み合わせている。

「ああ、失敬。品のない話をしたな。まあ、昔話だと思って聞き流してよ。ただ、二人の関係はそんな感じだったと思うよ」

「関係というと」

「道比古の方がマウントを取っているってことさ。室伏はいいなりだったんじゃないかな。まあ、優しいとか人がいいとかいうやつもいるだろうが、わしにしてみれば室伏は今も昔も気の弱い、や、またいい過ぎるな。ははは。これ以上、恵麻さんに嫌われないうちに退散するか」

そういって立ち上がりかけるのを呼び止めた。十六日の夜のことを尋ねると、門馬の顔がみるみるうちに赤く染まった。

「なんだと」それまでの軽々しい口調が消え、すごむような声音に変わる。

「それはわしのアリバイを訊いているのか？　なに様のつもりだ。おい、若造。道比古の息子だからと大目にみていたが、それも度が過ぎるようだとこっちも容赦せんぞ」

そういって挨拶《あいさつ》らしい言葉もなく背を向けた。貴久也が立ち上がると、事務員の男が塞《ふさ》ぐようにあいだに入って睨みつけてくる。

怒りたいのはこちらの方だと、さすがの貴久也も目に力を入れた。

帰りの車のなかで、恵麻は笑い出した。

貴久也はまた、「鳥の歌」をかける。今度はカザルス本人のチェロだ。

「実はわたし、DNA鑑定を出しちゃったんです。なんだかもう面倒臭くなって。正直、費用の三万円は痛いけど、こんなわけのわからない状態はさっさと終わらせたいですから」

そういって指先で顎をひと撫でした。

「そうですか。室伏益男さんとあなたの父子鑑定ですか」

「ええ。わたしも四十五ですし、陽人だっています。今さら、本当のことがわかったからといって、くよくよ思い悩むこともショックを受けることもないですから」

「そうですか。もしお嫌でなければ、その費用はわたしが持ちましょう」

恵麻は、濡れたような目を向け、柔らかに微笑んだ。

「ありがとうございます。でも、それよりも、そちらの方でも、鑑定に出してもらえたら」

「ああ」そういって貴久也は、父でなく母の顔を思い浮かべる。「いいでしょう。父の検体を渡しますので、あなたのものと一緒に鑑定に出してください」

「はい」そういって背もたれに沈み込む。しばらく自分の手を見つめていたが、姉弟《きょうだい》になるかもしれないのね、と聞こえるように呟《つぶや》いた。返事をせずに運転に集中する。やがて恵麻は窓を向き、暗い景色に向かってまたなにかいった気がした。

「嫌だわ」

そういったように聞こえた。違っているかもしれないが。

16

自動ドアが開いてチャイムが鳴ったと同時に、いらっしゃいませ、の声がかかる。

交差点の一角に位置するどこにでもある普通のコンビニエンスストアだ。挨拶をしてくれたのは、馴染《なじ》みのある制服を着た若い女性だった。客が少ないせいかレジにいるのはその女性一人で、バックヤードに人の気配がしていた。夢良がペットボトルを差し出すと、また大きな声でお礼をいわれる。名札にあるのが教えてもらった名前であることを確認すると、客がいなくなるのを待って声をかけた。

夢良が自分と変わらない年齢だったからか、弁護士事務所の名刺を出して、理絵子のことで伺いたいといってもあとずさりすることはなかった。午後の荷入れ前に時間を取ってもらい、店舗横の搬入口の側《そば》で話をする。

高校時代、理絵子に苛《いじ》められていたという女性は、面長で日本人形のように眉や目の細い女性だった。京香は一歩下がり、夢良が主となって丁寧に話しかける。情報をくれた人があっけらかんと『元気だよ』といったが、それも頷ける顔色だった。今は、この女性も引き籠《こも》りを脱し、働く意欲を持つに至ったのだ。京香らが理絵子の夫側の代理だというのが良かったのか、進んで口を開いてくれた。離婚調停とはいわなかったが、充分、察せられただろう。細い目を見開いて面白がるような風すらみせた。

確かに、苛めはあった。しかも理絵子が首謀者で取り巻きグループと共に嫌がらせを続けたらしい。話しているうちに、当時の苦しみが蘇ったのか、どんどん口調が早くなる。

「理絵子が所属していた運動部の後輩が、わたしの自転車を倒して傷をつけたから、ちょっと注意したのよ。それを逆恨みして、理絵子にいいつけたのが発端。可愛い後輩を恐がらせた、態度が偉そうだ、だからけじめをつけてやるという理屈で理絵子が、報復っていうの？　仕返ししてきた。それも取り巻きを使ってよ、酷いと思わない？」

「その際ですが、弁償代といって後輩からいくばくかのお金を受け取られたと伺いました」と夢良が穏やかに問いかける。ここを訪ねる前に、同じ高校の関係者を捜し出し、当時の話を聞いていた。十年ほど前のことだが、話題になったからなのか覚えている者も多かった。

青と白のストライプの制服を着た女性は、むっとした表情を浮かべ、すぐに薄い唇を尖《とが》らせる。

「当然でしょ。わたしの自転車が壊れたのよ。学校に行けなくなるじゃない」

「なるほど、そうですよね」とその点は深く追及しない。臍《へそ》を曲げられても困るから、さらりと流した。京香は後ろでそんなやり取りをじっと聞いている。

自転車を倒した後輩の周辺から聞けた話では、大した損壊ではなかったのに、結構な額を要求されたらしい。相手が年下だから、強く出ればなんとでもなると思ったのだろうか。

あとで、理絵子と親しいとわかって顔色を青くしたのではないか。

細い目の女性は、ふいに嗚咽《おえつ》を堪えるように口を手で覆った。

お陰《かげ》で学校に行くのが怖くなり、部屋に引き籠った。担任や生徒指導、校長らが出張って理絵子らに謝罪させて、それ以上の苛めはなくなったが、卒業するまで保健室授業を受けていたと声を震わせる。

夢良が、理絵子から暴力をふるわれたことはなかったかと訊くと、一瞬、首を振りかけるが、すぐに大きく頷いた。そして足で蹴《け》られた、階段の上から突き飛ばされた、上履きを投げつけられたなどと喋り出す。思わず京香が口を挟む。

「階段というのは、後ろから突き飛ばされたわけですよね。相手の顔、見えました?」

「え」という表情をし、すぐに口を尖らせた。「落ちるとき、ちらっと見えたのよ。それに理絵子のきついフレグランスが匂《にお》ったもの。学校で香水つけるなんて、あの女くらいだったから。ドラッグストアに売っている安物だから酷い匂いだったし。ま、さすがに今はブランドものを使っているのでしょうけどね」

「そうですね。そういったものはご主人に買ってもらっていたようです」

「自分は働かないで、いいご身分だこと」と呆れた顔をする。「わたしなら買ってもらうにしてもオードトワレにするわ。ディオールのパルファンなんていくらすると思ってんだろう」

　母親が早くに死んだせいで父親や祖父母に甘やかされて育ったのだ、自分ではなにひとつ苦労を負わず、周りの人間をこき使うことに長《た》けたずる賢い女だ。と、訊いてもいないことまで喋る。その挙句、「もし、わたしの証言が必要になるならいって。いつでもどこでも、当時、どれだけ理絵子が酷い女だったか話してあげる」と胸を反らせた。

　ハスラーに戻って、走り出しても夢良は口を開かなかった。

　気になって京香から、どうしたの、と尋ねる。夢良は、ぼうっとした表情を向けた。

「苛められて引き籠ったことをあんな風に話される人がおられるんですね」

「そうね」

「なんだか、理絵子さんがだんだん悪く思えなくなってきました」

邦広と結婚すると決めたのは理絵子だ。二人のあいだに溝が生まれ、これ以上一緒に暮らせないと判断したのも本人だ。愛情がなくなったから、恋人を作って夫をないがしろにしてもいいというものではないだろう、それでも。

「邦広氏側の人間がそんなことといってはいけないのでしょうけど」と夢良は元気のないトーンで呟いた。

「あのレストランで、彼女が手伝っている姿を見たから余計でしょう」

理絵子の行動を見張っているなかで、恋人が経営する山家レストランでエプロンをしてくるくる働く現場を目撃したのだ。そのときは、愛人のためなら働けるんだ、と思ったそうだが、理絵子の生き生きとした表情が夢良の胸には深く印象づけられたのだろう。

「離婚調停だもの。どっちが悪者という話じゃないと思う。わたしがいうのもなんだけど」

「でも慰藉《いしゃ》料を請求するのですから」

「有責配偶者であることを証明するだけよ。破綻《はたん》の責任がどっちによりあるかということで、悪業を見つけるのとは違うわ」

「言葉上のいい逃れにしか聞こえませんけど」

「大人になったら、そのうちわかるわよ」

「はあ？」

それからなんだかんだともめつつも、京香の申し出に夢良は納得してくれた。理絵子が苛めたというコンビニで働く女性を行動確認する。気になることを漏らしたからだ。

「ディオールのパルファンですね」

「あら、気づいていたの。さすがに調査員として一緒に仕事をしてきただけあるじゃない」

「わたしはパラリーガルで調査員ではありません。ですが」と小さく息を吐いた。「彼女がどうして理絵子さんがディオールを使っていることを知っているのか、気になります」

「そうね。なんだか思いがけないものを引いたのかもしれない」

そんな話をして少し経ったころ、田塚弁護士から集まるようにいわれた。

「次回の調停期日が迫っているの。そろそろ、踏み込んだ話になるでしょう。その結果、成立しなければ調停不調という判断になるかもしれない」

「じゃあ、審判ですか」

「いいえ、調停委員らはいっそ裁判にした方がいいと思っている」

離婚するしないは、もう決着がついている。あとは金銭の問題だ。

「邦広氏はどうおっしゃっているんですか」

田塚は困惑した表情で首を振った。「裁判など時間がかかるからして欲しくない。早く終わらせてくれとしかいわない」

「そうですか」

夢良は京香を振り返ったのち、ＤＶについてですが、と話し出す。

「高校時代の苛めはどうでしょう。被害者の女性から証言が得られると思います」

「うん、傍証にはなると思う。邦広氏もその件はご存じだったわ。だから余計に理絵子さんが怖かったといっていた。まあ、あの身長だし、運動サークルにもいたから、邦広氏にとっては脅威ではあったでしょう」

「知っていた？」京香が甲高い声を上げる。夢良も田塚も、驚いて目を向けた。

「邦広氏は理絵子さんが高校時代、苛めをしていたことを知っていたんですか？」

う、うん、と田塚は微妙な顔つきで同意する。

「だったらなぜ、最初にいわなかったんですか」

「まあ、彼女にとっては過去の汚点だから、さすがに持ち出すのを躊躇《ためら》ったのかもしれないけど。気になるのなら、今度の打ち合わせのとき訊いてみるわ」

「お願いします。それと急いでいるということなので、理絵子さんが暴力をふるっているシーンを映像とかで捉《とら》えられないか考えてみようと思います」

「映像？　どういうことですか」と真面目な夢良が眉を逆八の字にする。

「だからまあ、ヤラセというのではないけど、ちょっと理絵子さんを怒らせるよう仕向けて、反応を見てみるというのはどうかなと。気が短いのは間違いないみたいだから、うまくいけばそれらしいシーンが撮れるかも」

「なんてことというんですか。理絵子さんを刺激して、わざと怒らせ、暴力をふるわせようというんですか。そんなの完全に捏造《ねつぞう》じゃないですか。調査以前の問題です。信じられません。見損ないました。三星さんがそんなことというなんて。とても警察官だった人がおっしゃることとは思えません」更に天井を仰いで、ああ、と嘆くような声を上げる。「そうでした。馘《くび》になったのですから、つまりはそういう方だったということなんですね。よーくわかりました」

「馘じゃないわ。あくまでも依願退職よ」

「上司を殴ったからですよね。やっぱり、安易に暴力に訴える人は考え方も恐ろしいです。もうとても一緒に働けません」

田塚が困った顔で、まあまあ、と宥《なだ》める。京香がなおも、邦広氏の意見も訊いてみたらどうでしょうか、というと夢良が顔を真っ赤にして激怒した。育ちがいいので、罵《ののし》る言葉も丁寧で迫力には欠けるが。

とにかく、調査は続行ということで一旦は会議を終える。

田塚の部屋を出ると、夢良はキッズルームに駆け込んだ。遊んでいたつみきをかき抱くと、嘘泣きをしながら、「つみきちゃんはいい子だから、このままいい子でいてね」と訴える。京香はそんな様子を窓越しに見て、吐息をひとつ吐いたところで後ろから声をかけられた。

「どうしました。なにか問題でも」

　貴久也が同じように窓を覗き見る。恵麻と一緒に調査を始めてから、事務所でも滅多《めった》に顔を合わせることがなくなっていた。口を利くのも久し振りのような気がする。

「いえ、こちらは特に。それよりどうですか、室伏さんの件は。サークル仲間の方々からの聴取は順調ですか」

「そうですね。まあ、順調といえるでしょう。むしろ困っているのはわたし達に関する方かもしれません」

「どういうことですか」

「代表が」といって珍しく大きな息を吐いた。「父が黙秘をしています」

「はあ？」

　貴久也は、これまで聴き取った代表の友人らの話をかいつまんでしてくれた。その過程で、恵麻と貴久也の胸には、互いに同じ疑惑が湧《わ》き上がった。それが真実なのか、直接、代表に問い詰めたらしい。

「それで黙秘ですか。カンモクですか」

「カンモク？　ああ、そうです完全黙秘。なにひとついおうとしない。万が一、DNA鑑定で血縁という結果が出たら、父には室伏氏を殺害する動機も生まれるわけですから、事前に教えてもらいたいんですけどね」

葛道比古は、貴久也が弁護人になることにも諾《うべな》わなかったらしい。

「自分の弁護くらい自分でできるという。そりゃそうでしょうが、民事ならともかく刑事法廷ではそうはいかない」

更に困ったことに、と貴久也は苦笑いする。こういう顔もできるのかと、京香はじっと見つめた。

「そんな話を母に聞かれましてね」

「え」

男同士が秘密の相談をしているのが気になったらしい。はしたないとは思ったらしいが盗み聞きをしたという。

「母は明日からアメリカ大陸縦断ツアーに行きます。顔見知りの代理店に無理やり頼み込んで急遽《きゆうきよ》、入れてもらったそうです」

「そ、それはまた、突然のことで」

「夫の学生時代の色恋など今さらどうってことないでしょうが、その女性と三年前、密《ひそ》かに会っていたこと、その娘が父の子どもで母子を捨てたかもしれないというのが、まあ、母には許せないことらしい」

「実子かどうかは鑑定を待っての話ですが、三年前の件は気になりますね」

「ええ。あなたなら、どういう風に攻めますか。元一課刑事にご教示願えたらありがたい」

正直、手詰まり状態なんです、とこれまた貴久也にしては珍しい言葉だ。

「三年前――。そのとき、室伏氏は既に、サークル仲間の方から仕事を回してもらって働いていたんですよね」

「そうです」

「だけど代表だけ室伏氏が困っていることも知らされず、誰からも声をかけてもらっていなかった」

「ええ。ああ、そうか。亜弓さんからそんな話を聞いていた可能性はありますね」

「そうですね。もしそうなら代表はどう思われたのでしょう。また、亜弓さんは、代表だけその仲間に入っていなかったことをどう考えたのでしょう。いえ、ひょっとしたら」

「うん？」

「亜弓さんは代表がそんな人達の仲間に加わっていなかったからこそ、会おうと思ったのかもしれませんね」

貴久也は父親に似た目を怪しく光らせる。

「昔の仲間が、室伏氏に与えた仕事とはいったいなんなのか。ということですね」

「恵麻さんは、本当になにもご存じないのでしょうか。亜弓さんが亡くなられてから三年、父親である室伏氏と全く交流がなかったとは思えないですけど」

貴久也の身長は一八〇センチ。京香より少し高いくらいで、目を見つめるときは上下に顔を動かさずにすむ。余り感情を表に出さない人なので、京香の遠慮のない言葉を不快に思ったのか判断はしかねたが、一応、謝る。

「すみません、恵麻さんを疑うようないい方をして。刑事の、元刑事の性《さが》と思ってくださ
い」

貴久也は目を瞬かせる。「なぜ、謝るのかな。あなたの推論は理にかなっている。むしろ、どうしてわたしがそこに気づかなかったのか、猛省するしかない」

それはたぶん、恵麻さんが他人とは思えないからでしょう、とまではさすがにいわなかった。頭の回転の速い貴久也のことだ、充分過ぎるほど気づいている。だから、猛省なのだ。

「あの、良ければお手伝いしましょうか。サークル仲間のアリバイ確認だけでも」

貴久也の弱気な姿を垣間見《かいまみ》た気がして、思わず口にしていた。だが、貴久也は窓越しにこちらに目を向けるつみきに、手を振って笑顔を浮かべていう。

「いいえ、それには及びません。それも含め、もう少し彼女と二人で頑張ってみるつもりで

す。代表が全てを話さざるを得なくなるようなネタを見つけてきますよ」

そういって軽く会釈をすると執務室へと向かった。その背を見送りながら、京香は恵麻の美しい顔を思い浮かべる。お互い夫がおらず、子どもと二人で暮らす。似たような境遇でも抱える悩みや苦労までも同じにはならない。それでもせめて子どものことや暮らしのあれこれを互いに語り合うくらいはできるのではと思っていた。だが恵麻は、他の所員とは親しく打ち解ける態度を見せるのに、京香にはいつまでも他人行儀な態度を崩さない。

そのことを少しだけ残念に思う。

17

調停期日を迎える二日前、思いがけない現場に遭遇《そうぐう》した。

梅雨明けまであと少しかと思われる七月半ば、いつものようにスポーツジムで汗を流した青柳理絵子は、大きなトートバッグを抱えて駅に向かった。ハスラーのなかで待機していた京香らは時間を確かめる。最近の理絵子は節約に目覚めたのか、恋人の山家レストランに向かうのもタクシーではなく、バスを利用している。お陰で尾行はやりやすくなったのだが、理絵子の行動に、少しも隠そうとしていない気配が感じられる。

「開き直ったということでしょうか。離婚は確実ですし」

「でも、慰藉料を払うのは良しとしていないのでしょう。この先も、こだわりレストランの経営がうまく行くとも限らないし」

「いっそ支払うことにして、財産分与と相殺するつもりではないですか。いつまでも争っていても仕方ないですし」

「でも、邦広氏はそれは嫌なのでしょう?」

「分与の額と相殺され、得が出ないことに納得できないみたいです。理絵子さんに負担をかけ、なおかつご自分の夢のために少しでも費用を得たいと考えておられるのかと。結婚後に夫婦で形成した財産はそれほどでもないようですから」

「え。ちょっと待って。結婚前の財産は含まれないの?」

「はあ?　当たり前じゃないですか。困りますね、弁護士事務所の方がそんな知識では。分与される財産については、妻または夫が夫婦生活にどれほど貢献したか、寄与したかというのが論点ですから結婚後の暮らしについての話になります」

「待って、待って。邦広氏は分与の配分ではなく慰藉料にこだわっていた。つまり、夫婦二人の財産はたかがしれているってことね?」

「え、ええ、まあ。元々、投資関係に明るい方で、それがうまくいって結婚前には相当資産を作られたみたいです。それは全て、邦広氏名義のものですね。だからこそ、理絵子さんには不自由させないとおっしゃったのでしょう。結婚後は、ＩＴの会社に勤めておられるとはいえ、理絵子さんの浪費もあって預貯金は大してないみたいなことは伺っています」

「ふうん。財産分与でなく、慰藉料に重点を置くのはそういうことか」

「恐らく」

「愛よりお金」

「そんな身も蓋《ふた》もないことを」

「あ」

京香は思わず、フロントガラスへと身を乗り出す。

駅前のバスターミナルで理絵子はバスを待っていた。十五、六人は並んでいたが、そのうち小柄な男性と小ぜりあいを始めたのが見えた。男性はこの暑さのなか、長袖《ながそで》の白いパーカーを着て、ジーンズにスニーカーを履いている。おまけに顔を隠すようにフードを被《かぶ》っていた。顔は見えないが、かなり若い感じがする。中高生かもしれない。

夢良が京香と顔を見合わせたのち、黙ってスマホを取り出し、レンズを向ける。やがて激しい口論となったようで周囲は騒然とし始める。理絵子は男をその場から払いのけるように肘《ひじ》で肩を突いた。男は身をよじり、抵抗するようにトートバッグを摑《つか》もうとした。理絵子は咄嗟《とっさ》に長い腕で振り払う。男は体のどこかに当たったのか、後ろに跳ねるように地面に倒れ込んだ。

近くにいた中年の男性が驚いて抱え起こそうとする。理絵子はなおも男に向かってなにかいうと、顔を赤く染めたままバスターミナルを離れた。そして反対側にあるタクシー乗り場に回ると、そのまま乗り込んで出発した。

「こういうことってあるんですね」

スマホを膝《ひざ》の上に置いて、夢良がぽつりという。

「あるときはある。でも、裏を取りましょう」

「裏？」

「さっきの倒れ込んだ男性に話を訊くの」

「ああ、はい」

夢良を先に降ろして、京香はハスラーを置く場所を探した。駅の裏手にタイムズがあったがあいにく満車で、舌打ちしながら路上に停《と》めようか別のところを当たろうかと思案する。そのうち、一台が出庫しそうに見えたのでその場で待って、入れ替わるように入って停めた。車から降りて振り返ると、出たばかりの車が少し先の路肩で停まるのが見えた。

やがて駅の方から白いパーカーを着た男性がやってきた。フードは外しており、幼い少年の顔がはっきりわかる。金茶に染めた髪に尖った目、染みのない肌。少年は停まっている車に走り寄ると後部座席に滑り込んだ。乗り込むとき、「オヤジ」と聞こえた気がした。車は少年を乗せるなりすぐに走り出す。理絵子ともめた男性ではないかと思ったが、取りあえず夢良に合流しようと駆け出した。

バスターミナルには、被害に遭《あ》った白いパーカーの男性はおらず、代わりに助け起こした中年男性だけがいた。他の客はバスがきたので乗り込んだようだ。夢良が頼んで一台遅らせてもらい、トラブルのあらましを聞いている。気のいい人らしく、京香らの質問に丁寧に答えてくれた。

「綺麗《きれい》な女性なのにね。あの子、さっき突き飛ばされた子だけど、あれたぶん高校生だよ。スマホに夢中で列をはみ出したから戻ろうとしただけなんだ。俺、すぐ側で見てたし。なのにあの女、横入りするなって、いきなり叫んで押しのけようとしたんだ。それで男の子が違う、元々ここに並んでいたんだって手振りで説明しようとしたら、なにを勘違いしたのかいきなり、バッグを振り回したり突き飛ばしたりするんだからね。小柄な子だったから、あんなデカい女に小突かれたらそりゃあひっくり返るさ。きっと怪我《けが》したと思うよ」

「どうして彼はいなくなったんです?」

「さあ。恥ずかしかったんじゃないの。いくらでっかいからといっても相手は女だからね。喧嘩《けんか》して女にやられたって、周りに思われたくなかったんじゃないの」

京香は名刺を渡し、念のためといって住所と名前を教えてもらう。

「こういうことってあるんですね」

車に戻ると、夢良がもう一度呟いた。京香は答えない。ずっとスマホの動画を見続けていたから。

18

野添聖は、さすがに二度目の呼び出しにいい顔をしなかった。

「班長が駄目だといった？」

首を振るでもない。行くなといわれたなら、野添はこない。行ってもいいが、余計なことはいうなと釘を刺されたのだろう。

そんな様子から、室伏事件の情報を聞き出すのは難しいかと考える。ただ、目星はついているのかという質問に、軽く眉を寄せることで応えてくれた。

それだけで十分だ。あとは京香が勝手に喋る。もらうだけでは悪い、ときにはこちらからも情報は出さないと今後の付き合いにも響く。

貴久也から聞いた、代表の友人らの話を教えた。

警察でも当然、聴取しているだろう。だが、恵麻の母親がらみとなるとまた違ってくる。

「三角関係ですか」と野添が興味のある風に目を細めた。そして膝の上で手帳を広げる。

情報交換をしようという姿勢を取るのを見て、京香は話を続けた。

「先にいっとくけど、その線は薄いと思う」

「どうしてですか」

「肝心の親子関係は否定されたから」

貴久也から密かに教えられた。恵麻と道比古にその可能性はない。更には、室伏益男とのあいだにも親子関係は存在しなかった。室伏のことは覚悟していただろうが、さすがに断定されると恵麻は、寂しそうな目をした。その反面、どこか納得できてほっとしたらしい表情も窺《うかが》えたと貴久也はいったが、その貴久也自身も安堵《あんど》していた気がする。

「となると、有働恵麻の父親はいったい誰ですか」

「さあ。ただ、それはそんなに重要なことではない気もする」

「どうでしょう。サークル仲間に父親がいるとすれば、そのことを知る室伏を殺害する動機になりませんか」

「父親だと知られたら困る？　そんなのいずれわかることじゃないの。隠しようがないでしょ、恵麻さんはもちろん、その子どもの陽人くんもいるわけだから」

「まあ、そうですが。となると、やはり室伏の仕事関係か」

「色々やっていたんですって？」

野添は、まあ、大した仕事ではなかったですけど、という。

「デザイナー事務所、商事会社、県庁に県議だっけ？　どれもなにかしらの裏が合ってもおかしくない職種ではあるわね」と考え込む風をして更に「調べているんでしょ。なにか出なかったの？」と振ってみるが、さすがに顔色ひとつ変えない。

「逆に、仕事を頼まなかった方にこそ、なにかあったりして」と野添はひとり言のように呟く。

「え、そっち？　後藤班はまだ、葛道比古を重要参考人と考えているの？」と呆れたように訊くと、野添は、えへへへ、と笑って誤魔化す。

「代表にこだわるのは、つまり、サークル仲間の他のメンバーについてはアリバイの確認が取れた。そういうことね？」

野添は無表情だ。ふうん、といって思わせ振りに小さく何度も頷いてみせる。道比古は警察でも大した供述はしていないだろう。となれば少しでも情報が欲しい筈。

「じゃあ、こっちで探ってみようか」

「探るって？」犬の鼻は反応した。

「副代表の貴久也さんに頼んで、葛道比古の自宅を調べさせてもらう。なにか出てくるかも。今、ちょうど奥さんが海外旅行に行っていて、昼間は誰もいないらしいし」

「へえ、海外旅行ですか。どちらへ？」

興味を示すということは、やはり他の四人よりも道比古への疑惑の比重が大きいということ。貴久也にアリバイを証言しなかった門馬議員についても確認済みなのだ。

「アメリカ大陸を縦断するようよ」

「アメリカ縦断？　それは長期ですね。ついでに南太平洋とか回ってみたりしないんでしょうか」

「南太平洋？　なんで？」

「ああ、いえ別に意味はありません」

意味はあるんでしょ、と軽く睨んでみせる。京香から視線を逸《そ》らした途端、内ポケットのスマホがバイブしたようだ。野添はすぐに応答し、短い返事を繰り返しながら向かいの京香をちらちら見る。

「班長から？」と訊くと、小さく頷く。「出るわ」と手を差し出した。

聞き慣れた声が、おうと応える。野添を呼び出してすみません、と謝ると低い笑い声がした。

「犬のお散歩はそろそろ終わりにしてくれ。いい加減、猟を始めなならん」

「そうですか。お忙しいところすみませんでした。ですが、班長、吠《ほ》えすぎる猟犬は考えものですね」

「どういう意味だ」

「海外の話を振ったら、うっかり南の島のことを漏らしました。行ってみようかとも思いましたけど、行くだけ無駄ですか」

「そうでもない。リフレッシュするならタヒチはもってこいだろう。行ってみたらいい」

「タヒチですか」

野添が目を剝《む》く。そしてぱっと京香からスマホを奪い返すと、短く戻りますといって切ってしまった。目も合わさず、精算書を握って立ち上がる。

「ごめん、ごめん。でも、班長も確信犯だと思うわ。ねえ」

すねた顔をする野添に、大仰に両手を合わせて、お願いと頭を下げた。

「一件だけ調べてもらえない？」

立ったまま、なんですか、と訊く。京香は大きな笑顔を向け、一枚のメモを差し出した。

「この人間の素性とこの車の持ち主」

「なんですか、これ」

「今、離婚調停やっててね」

「へ？　三星さん、勘弁してくださいよ。そんなことに警察のデータベース使えませんて」

「うんうん、わかっている。でも、もしかすると、いや、たぶん、妙なものが出てくる気がするのよね」

野添は、ふーん、とメモをもてあそぶ。口をへの字にしながらもポケットに入れてくれた。

最後にもうひとつだけ告げる。

「佐々木飛鳥に会ってきたわ」

野添は振り返らない。

「当時の後藤班はわたしを含めて、誰も、彼女の本心に気づけていなかったのかもしれない」

微《かす》かに両肩が落ちたように見えた。野添聖は店を出るなり、駆け出して行った。狩りの時間が近いのだろう。

事務所に戻って、夢良のパソコンで調べてみた。

タヒチ。南太平洋諸島にあるフランス領ポリネシア最大の島。画家のゴーギャンが訪れたことで有名。人気のリゾート地。

「フランス領か」

夢良が後ろから覗き込む。

「タヒチですか。いいところです。わたしも学生時代に友人と旅行したことがあります」

「フランス語なの？」

「はい？　ああ、ええそうです。公用語はフランス語とタヒチ語で、もちろん英語も通じますし、日本語も観光地だと普通に話してくれます。特に、お土産《みやげ》の真珠店なんかだと日本人客が多いからでしょう、スタッフはみな流暢《りゅうちょう》に喋られます」

「真珠？」

「ええ。黒蝶真珠です。人工的に色をつけた黒真珠とは別物ですが、あちらでは有名ですよ」

　黒蝶貝と黒光りした丸い玉の話をどこかで聞いた気がする。京香は思い出せずにデスクに突っ伏し、うーんと唸《うな》る。

「ママぁ」とつみきの声がした。お迎えに行ってくれた川久保弁護士と息子の礼紀くんが一緒に事務所に現れる。夢良が、お帰りぃと満面の笑みを浮かべて両手を広げる。そしてすぐに表情を硬くした。

　川久保の後ろから恵麻が入ってくるのが見えた。息子の陽人がにこにこと手を振っている。

19

十九日、調停は不成立となった。

離婚することについて双方異論はなかったが、慰藉料《いしゃ》で合意が得られなかった。

青柳邦広はあくまでも財産分与を上回る額を求め、理絵子は応じられないと突っぱねる。

有責配偶者は理絵子だと田塚弁護士は述べ、邦広に対するＤＶについて、その可能性を示す傍証があると申し立てた。高校時代に苛《いじ》められた女性の調書、京香らが撮影した映像。それらを見せられた調停委員はみな苦い顔をし、邦広を憐《あわ》れむように見つめたらしい。相手方弁護士は事実無根と怒りを露《あら》わにしたが、どこか覇気がなかった。

調停後、田塚と相手方弁護士が今後のことを話し合うなかで、双方、今一度、互いの依頼人を説得してみる方向性で一致した。理絵子側は金を工面する方法を見つける。邦広側は金額について再度検討する。

それで折り合いがつけば、審判や裁判に持ち込まず、協議離婚で決着させられると希望的観測のまま話を終えた。但し、万が一上訴するのなら申し出の期限があるから、悠長なことはしていられない。田塚は、邦広から聞いていた理絵子の唯一の財産ともいえる祖父の土地についての評価を出し、どの程度慰藉料に回せるかを考えた。だが、山林と農地なので売ること自体そもそも難しい。

それならいっそまとめて引き取ってもいいと邦広は譲歩する。税金を納める際の物納みたいなものだ。役に立たない土地でも、開墾して小ぶりのロッジくらいは建てられるだろう。仕事を離れ、田舎でのんびり自給自足の生活を送ることも考えているという。

「もうITや投資には疲れました。今回のことで、ゆっくり穏やかに暮らすことが、自分には一番合っているのではないかと、そんな風に考えるようになりました」

「お一人では寂しいでしょう」田塚が、まだお若いのだからと慰めるようにいう。

「いやあ、しばらくは一人がいいですね。もう、女性はこりごりです」

や、これは失礼と、女性三人を目の前にして頭を掻《か》く。

田塚はそんな邦広を見て頷《うなず》くと、「相手方の弁護士に伝えましょう」とスマホを手に取った。回転椅子《いす》を回して背を向けたのを見て、京香は邦広に声をかけた。

「どうして最初にいわれなかったんですか」

「え？　なに？」

「理絵子さんの高校時代の同級生の女性のことです。理絵子さんから苛めを受けていた女性がいたことはご存じだったそうですね」

「ああ、そのこと。うん、大学に理絵子と同じ高校出身の人がいてね、その人からたまたま聞いたんだ」

「最初に教えていただければ調査ももっと迅速に行えましたのに」

「うーん、田塚先生にも訊《き》かれたけど。だって苛めだよ？　そういうことを持ち出すのは気の毒だと思ったんだ。いくら今は元気にしていても、そういった過去は消し去れないだろ。君らがむやみに会いにいって彼女をまた傷つけるようなことになったら申し訳ないと思ったんだ」

「そうですか。ずい分と気にかけていらっしゃったんですね」

「まあね。僕の妻が昔したことだからって、全く関係ないっていうわけにもいかないし。ま、ただ理絵子がそんな女だって知っていたら、結婚はしなかったとは思うけどね」

「彼女、今はコンビニで働いていますよ」

「そう。他人事《ひとごと》だけど、良かった」

「とてもお元気そうに見えました」

「ならいいけど。とはいえ、人は見た目ではわからない。心の傷っていうのはそう簡単に癒えないでしょう」

「そうですね。だからディオールのパルファンを買って差し上げたんですか？」

「え。なに？」

「邦広さん、一昨日《おととい》、百貨店で香水を買われましたよね」

ぎくりとした顔をする。「なんで。僕のあとを尾《つ》けたのか。なんのために。どうしてそんな真似《まね》をする」

「先方から、理絵子さんの不倫を持ち出すなら、こっちにも考えがあるといわれたことは申しましたよね」と田塚が電話を終えたらしく、話に入ってきた。邦広は、むっとした顔で、「僕はそんなもの身に覚えがないといった筈《はず》ですよ」という。

「それならなぜ、彼女の不倫を有責事項にされなかったのでしょう。青柳さんは、DVによる慰藉料で話を進めて欲しいといわれました」

「だからなんです。誰《だれ》だって妻の不貞は認めたくない。ましてやそれを調停の場に持ち込むことに抵抗があった。それだけですよ」

「そうなんですか」

邦広は目を吊《つ》り上げる。「僕を信用しなかったんだ。だから調べさせたということですか」

田塚はちらりと京香を見た。京香は頷き、スマホを取り出す。

「昨日《きのう》、コンビニに行って彼女とちょっと話をしたんです。そのとき、強い香水が匂《にお》いました」

スマホの画面に動画が流れ始めた。邦広は渋々といった様子で覗《のぞ》き込む。見慣れた制服を着た中年の女性が、夢良を相手に話をしている。

『ああ、すごい匂いがしたでしょ。珍しいからどうしたのよ、なにかつけてるのって訊いたのよ』

同じコンビニに働くバイト仲間で、客がいないときは気安くお喋《しゃべ》りをする間柄らしい。

『彼氏にねだって買ってもらったそうよ。なんだか昔のことを思い出して急に欲しくなったんだって』

優しい彼ねって話を合わせたら、理絵子から苛めを受けた女性は、ふふん、と胸を張ったそうだ。

『ディオールのパルファンよって。オードトワレじゃなく、パルファンなのっていったわ』

そこまでで京香がスマホの動画を切ると、今度は隣に立つ夢良がメモを手に口を開いた。

「一昨日、青柳邦広氏は市内にある百貨店でディオールのパルファンを購入されました。クレジットカードで支払い、その後、帰宅」

そういって、夢良もスマホの写真をかざして拡大させる。邦広の手に白い小ぶりの紙袋があって、横にディオールの文字が見えた。

「な。そ、そんなのたまたま百貨店に行って、か、会社の取引先の女性が誕生日だということを思い出して、それで香水を買っただけで」

「それなら」と京香はぐいと顔を近づけた。「自宅に今も香水はあるのですね。見せていただけますか」

「そ、そんなのないよ。昨日、渡した」

「では、その取引先の女性を教えていただけますか。お持ちなのか伺ってきます」

「な、なんだと。どうしてそんなことしなくちゃいけない」

夢良がいう。「香水を買われた翌日、邦広氏は会社に出勤される前、コンビニの彼女の自宅に出向きポストになにかを投函《とうかん》されました。小さなもので香水のように見えました」

「コンビニの彼女のご自宅までご存じだったんですね」

「そ、それはたまたま」

「あなたはコンビニの女性と不倫をしていますね」

邦広は顔を赤くし、頬《ほお》を引きつらせて田塚を振り返る。

「どういうことだ。こ、こんな調査員ごときが、僕を尾行した上、どうしてこんな偉そうな真似をする」

田塚が首を振りながら、落ち着いた声で告げた。

「青柳さん、どうして正直におっしゃってくださらないのですか。弁護士を信用していただけなければ、代理人の役目は果たせません」

「僕は不倫なんか」

「その件はもう結構です。持ち出せば双方に不利な話であることはこれではっきりしました。ですから、これ以上の詮索《せんさく》はしませんし、今後の訴訟においても持ち出さないことにします。ただ、不倫以外になにか隠しておられることがあるのではないか、わたしはそのことが気になります」

邦広は、口を強く引き結んだまま睨《にら》みつける。やがて、大きな鼻息を漏《も》らすと肩の力を抜いた。

「あの女性とはたまたまだったんだ。理絵子が苛めをするような女だと知ったあと、被害を受けた女性がコンビニで働いていると聞いたから、近くを通ったとき興味本位で見に行った。それらしい女性が店の裏で休憩していたから声をかけた。理絵子の夫だというと顔色を変えたよ。話を聞いて欲しいといわれたから、仕事が終わったあとお茶に誘ったんだ。理絵子がどんなに冷たく酷《ひど》い女であるかを教えられた。彼女は、そのときのことを思い出して泣いたよ。気の毒な気がして」

それでずるずると関係を持ったということらしい。

「でも、二、三度だよ。なんだかあの女、妙に打算的でさ。僕のことを都合のいい小銭入れくらいにしか考えてないみたいだった。だから、急に香水をねだられたときは腹が立ったけど、買ってやらないと、僕とのこと理絵子にバラすとか脅しやがるから」

京香は夢良と顔を見合わせる。だからどれほど尾行しても密会の現場は摑《つか》めなかったのだ。プレゼントをポストに投函したことからも、邦広のなかでは既にコンビニの女とは終わっていた。邦広にも問題はあるが、むしろ女性の方がそうなるよう迫ったのではないか。学生時代の仕返しのつもりだったのだろう。そんな結びつきでは所詮、長続きはしない。

「ただ、理絵子が嫌になったのは、その苛めのこともあるのは本当。不倫をしたからだけじゃない」

「そうですか。わかりました。それでは、他になにかわたしが知っておくべきことはありませんか」

「ない」

「では、今後のことを打ち合わせしましょう。もし、このままわたしを代理人とされる気がおありであればの話ですが」

邦広はすねたような目で田塚を見、「急いで欲しいんだけど。できれば、訴訟とかそんなことせずになんとか話し合いで片がつけられないかな」という。

「そうですね。やってみましょう。理絵子さんは、今回の不調で弁護士を解任されたそうですから、今後はご本人と直接の話し合いになるかと思います」

これには邦広だけでなく、京香も夢良も目を見開いた。

「さっきの電話で、代理人をされていた先生がため息混じりにおっしゃったわ。あんなおかしな映像を出されてなにも手を打たないなんて役立たずの弁護士、って罵《ののし》られたそうよ」

邦広が嫌そうな表情をし、「ほら、そういう気の短い女なんだ」と子どものように頰を膨らませた。

20

妻に家出同然に長期海外旅行に出られ、葛道比古はさすがに意気消沈しているようだった。

「正直に話して、謝罪されてはどうですか。旅程はわかりますから、どこかで落ち合うこともできる」

「なんでわしがそんな真似をしなくちゃならん」そういいながらも、厚みのある両肩は沈み込んで行く。

貴久也は、応接室の一人掛けチェアに座って、向かいのソファにいる道比古を説得しようとしていた。

「DNA鑑定で、自分の子どもではないことが明らかになって、ホッとしましたか」

ふん、と顔を背ける。おや、と貴久也は思う。どうやらそのことはわかっていたらしい。

「ならなぜ、娘とか孫とかなどといって、紛らわしくさせたんです。そうでないなら、そうでないと恵麻さんにさっさというべきだった」

「そういう気持ちではいたんだ。だいたい、違うといったところで調べただろう。自白より証拠だ」

「まあ、そうですが。そもそも、大学生のころの話でしょう。そんな昔になにがあったかなど、今さら聞かされたところで、多少のショックは受けても大ごとにはならない筈です。なぜ、亜弓さんと会ったことを隠そうとするんです。なにを話したのか、警察にも黙っているそうですね」

道比古は背もたれから体を起こし、膝《ひざ》の上で両手を組んだ。寝起きのブルドッグのような穏やかな目がいっそう細くなる。

「亜弓さんからいわないでくれと頼まれたんだ」

「三年前に？」

「ああ」

「どうしてお父さんに会おうとしたんでしょうね。昔、付き合っていたから？」

またしばらく沈黙が続いた。そうしてようやく口を開いた。

「そうかとも思ったが、それだけではなかった。わたしが弁護士で、なおかつ室伏に手を貸していなかったからだそうだ」

「どういう意味です?」

「彼女は、亜弓さんはなぜか室伏が友人らに紹介された仕事をするのを心良く思っていなかった。どうしてかはいってくれなかったが。いえば、自分のために働く室伏を裏切ることになると思ったのかもしれん。とにかく、わたしだけが室伏と会っていないことで、逆に、亜弓さんにとっては信用できたということだ」

「わからないな」

「ふむ。わたしもそのときはわからなかった。だが、室伏が突然、わたしに接触しようとしてきた」

「車にぶつかったのもわざとだと?」

「そうだろう。そんな偶然、あるものか。だが、あの日、わたしはいなかった。だから、室伏は名も告げずに出て行ったのだと思う。わたしはそのことに気づいて、いずれ、そのうちまた連絡を寄越《よこ》すだろうと思って待っていたのだが」

「室伏益男氏は殺害されてしまった」

ああ、と道比古は大きな手で何度も顔を擦《こす》った。「ぐずぐずせずにすぐに連絡を取れば良かった。そうすればもしかしたら」

「今、そのことを悔やんでも仕方がないですよ。それより、三年前、亜弓さんからなにをいわれたんですか。恵麻さんの本当の父親のことですか？」

「彼女は最後までその名は明かさなかった。ただ、どうしてその男と別れたのか、逃げるようにフランスに行ったのはなぜか、そんなことを話してくれた」

「それは？」

「彼女の名誉のために詳しくは話せん」

それでも黙って待っていると、道比古は、諦《あきら》めたように薄く息を吸い、静かに吐いた。

「本意ではなかったそうだ。酒に酔ってというのか酔わされて。その男は亜弓さんに焦がれていたんだろう。あの当時は誰もがみなそうだったが。彼女は酷く落ち込み、悲しんだ。けれどそうなったのは自分にも非があったからと諦めた。わたしと付き合い始めたときだったが、結局、その男とも何度か。やがて妊娠が発覚した」

「お父さんのことが本当に好きだったんですね。別の男と関係を持ったと知られれば、お父さんと別れなければならなくなる。そんなことだけはなりたくなかった。だから、ずるずるいいなりになった」

ほう、という顔をする。なんですか、と訊くと、「お前が、そういう女性の心情を推し量るような発言をするのは意外だなと思ってな」という。

「自分の息子をなんだと思っているんです」

「うむ。わたしに今のお前ほどの思いやりがあったらなと思うよ」

「まだ二十歳《はたち》そこそこの若造だったんです」

「そうかな、そうだな。亜弓さんから突然、別れを切り出され、わたしはなにも聞こうとせずに腹を立てるだけだった。司法試験に集中する振りをして無視した。彼女は妊娠したことで思い悩み、誰かの助けを求めていただろうに」

「中絶は考えなかった?」

「うむ。当時は、まだその手の手術は怖いものというイメージがあった。そのせいで、子どもが生めない体になってしまうというような。なにより、命を葬ることに対する罪悪感が大きかったのだと、そういったな」

「それで相手の男はどうしたんです? 妊娠したことは教えたんですよね」

「ああ。彼女はただ、お互い若かったから、とだけいった。なんとなくだが想像できる。これから社会に出て、色んなことに挑戦し、自分の力量を試す。そうして、いずれはなにものかになろうと血気にはやっていた時期だ。就職も次々と決まっていった。そんなとき妊娠を知らされ、自身のことだけでなく、彼女と子どもの将来についても責任を持たなくてはならなくなった。困り果てただけだろう。結局は捨てたんだ。彼女が黙って身を引いたことは、ある意味潔かったのかもしれんが、若さゆえの考えなしでもあった気がする」

「そこに室伏さんが救いの手を伸べた」

「ふむ」

「どうしたんですか。違うんですか？」

「いや、はっきりそうと聞いたわけではないが。ただ、亜弓さんのいい方から、もしかすると、相手の男が室伏を説得し、押しつけたのかもしれん」

「まさか」

「うむ。室伏が彼女にぞっこんだったことは当時、周囲にいた人間はみな知っていた。そして、彼女のためならなんでもする、そんな底抜けに優しい男であることもな。だから、相手の男は室伏に彼女の妊娠を教え、一人で生んで育てようとしていることを知らせた。室伏が全《すべ》てを引き受け、二人がうまくいってくれれば、この先問題は起きないと考えたんだ。室伏だってバカじゃない。いいように使われていると気づいていただろうが、それでもあいつは就職の内定を蹴《け》ってフランスに行ったんだ」

「全てを承知の上で」

「そうだ。全てを知った上で、彼女をまるごと受け入れた」

「大きな方だったんですね、室伏さんという方は」

「ああ。司法試験ごときに躍起となっていたわたしより、ずっと人間ができていた」

自分がそのとき、彼女のことを聞かされても室伏のような行動は取らなかっただろう、それだけは間違いない、と語る父親の、今までに見たことのない苦渋の表情を貴久也は目にした。そっと目を逸《そ》らして話を続ける。

「それで？」

「当時のそんな事情を聞かされたあと、最後に亜弓さんは、室伏益男のことを頼むといった。自分や恵麻のために、室伏は無理をしている気がするというんだ。心配でならないと。自分が死んだあと、困るようなことがあれば力になってやって欲しいとね」

まあ、曲がりなりにも弁護士という肩書があったからな、と自嘲《じちよう》めいた笑みを浮かべる。

「室伏が殺害されたと聞いたとき、そのときの亜弓さんの言葉が蘇《よみがえ》ったんだ」

「彼女の心配が現実となったと思われた？」

「ああ。それも想像していた以上に酷い事態だと。だから、亜弓さんの娘や孫のことまで急に心配になった。二人のことや住まいなんかは三年前に聞いていた。母と子だけの二人暮らしだ。なにか身の危険が迫っているのではないかと案じられた」

「なるほど。それで三星さんに様子を見に行くよう頼んだのですね」

「単なる思い過ごしだったようだが。我ながら動揺していたんだな」

「お父さん」

「なんだ」

「それでなにがわかったんですか」

「うん？」

「亜弓さんとの約束を果たせなかった以上、このままじっと成り行きを見ているつもりはないのでしょう。警察に疑われていることを逆手に取って、なにかを調べているんじゃないんですか」

弛《たる》んだ頬を揺らせて、寝起きのブルドッグは頭を掻いた。お前ってやつは妙に勘がいいなぁ、と呟《つぶや》く。「背後になにがあるにしても、わたしが警察にマークされている方が大義名分も立つと思ったんだ」

「なるほど。色々詮索して回ったところで、己の無実を証明しようと必死になっているのだから仕方あるまいと思わせられる。そういうことですか」

「まあな」

「それでなにを調べていたんですか」

「うむ。知り合いや顧問のツテを頼って、サークルの連中の今の経済状態なんかをね」

いくら親友のためとはいえ、同じサークルの仲間を疑い、こそこそと調べて回っていることに良心の呵責《かしゃく》を覚えるらしく、普段動揺しない道比古の顔には感情の起伏が見え隠れする。貴久也はあえて気づかぬ風で、淡々と話を進めた。

「それでなにか摑めましたか?」

「嫌な話しか聞かんな。あくまでも業界での噂《うわさ》とか、ネットの呟き程度のものではあるが」

「たとえば?」

「胡桃沢は商事会社の社長で、表向き経営は順調だ。ただ、リーマンショックの影響が尾を引いて、少し前まであやうかったらしい。そこを脱したのは、裏で怪しげな取引に手を出したからだという噂がある」

「怪しげな取引？」

「うん。商事会社だから海外の輸入品を扱う。外国製品を正規の値段で取引していないとか、まともな商品を扱っていないとか。業界内での妬《ねた》みもあるだろうから、一概に信用はできないが」

「そうですか。他には？」

「県庁、だな」そして大きく肩を揺らした。「そこに県議が加われば、おのずと色んな絵が描《か》ける」

「ましてや、二人は同期。元県庁の役人は今、建築会社の役員をしているそうですから、県議とのあいだでなにかあってもおかしくない」

「考えたくないことだが」

「デザイナー事務所の方はどうです？」

「そっちは特には出なかった。個人事務所だし、わたしのツテもデザインや芸術方面には疎い」

「そうですか。わたしが聞いた限りでも、仕事が不規則で大変だということくらいですね。

引っかかるとすれば、労働基準法違反かな。スタッフの一人が過労で精神を病み、自殺したということは聞き出しました」

「お前も調べていたのか」

「ええ、もちろん」

「恵麻さんと、か？」

「そうですが、なにか？」

「いや。彼女を巻き込むのはどうかと。いや、お前が気に入っているのなら別に構わんが」

「気に入っているどうこうの話じゃないでしょう。彼女が是が非でも調査に参加したいというので致し方なくしていることです」

「そうか。なら、いいが。いや、彼女も亜弓さんに似て美人でいいんだが、わたしはどっちかというと三星くんみたいながむしゃらなタイプが」

「なんの話をしているんですか、お父さん。セクハラも大概にしないとそのうち酷い目に遭《あ》いますよ」

「うん、そうだな。気をつけよう。母さんにはいわないでくれ」

21

青柳理絵子が、山家レストラン「こだま」の前庭にあるゲスト用駐車場を見て足を止めた。ランチを摂《と》りに訪れた客は、とっくに帰っている時刻だった。敷地の入り口近くの大きな楠《くすのき》の下に、アクティブイエローのハスラーが停《と》まっていることに不審を持ったようだった。

車のフロントに立ってこちらを窺《うかが》う様子を見せたので、京香はドアを開けて外に出た。

「誰？」

客ではないと気づいたようで、乱暴な口調で尋ねる。京香は軽く会釈し、近くまで寄ってジャケットのポケットから名刺を取り出した。

「うと法律事務所？　もしかして邦広の？」

理絵子が目を光らせるのを見ながら、京香は頷いた。身長がほぼ同じだから、視線がまともに合う。

「そうです、そこで調査員をして」といいかけた瞬間、脳髄に警報が鳴った。向き合った理絵子が肩にかけていたトートバッグを地面に落として笑ったのだ。視覚がその笑みを捉えると同時に、本能というパルスが後頭葉を痺《しび》れさせ、反射という回路へと繋《つな》げた。風を巻くようにして左側から凄《すさ》まじい気配が飛んできた。咄嗟《とっさ》に身を屈《かが》めたが、よく躱《かわ》せたなと自分でも驚いたほどだ。

理絵子の筋肉のついた長い右脚は空を切り、仕損じたことを悔しがるように持ち主の元へと戻った。そしてすぐに第二矢。地面からまるで噴き出したかのように足が勢い良く伸び上がり、再び、京香の胸元を狙《ねら》った。ほとんどひっくり返るような形で仰《の》け反《ぞ》ると、理絵子の足は地面に突いている方と空に突き上げた方とで一直線を描いて止まった。

京香は崩れた態勢のまま、なんとか後ろへ飛びすさる。理絵子が両手を拳《こぶし》にして、弾むように距離を縮めてきた。そして弾丸のように次々と突き出してくる。慌てて砂利を蹴って、柴犬の鼻先のようなハスラーのボンネットに飛び込み、そのまま転がるようにして向こう側へと躱した。すると間髪を容《い》れず、理絵子もハスラーに手を突いて上体を持ち上げると、そのまま浮いた足を蹴り出してきた。京香は咄嗟に両手を交差させて防御しながら、後ろへと跳んだ。だが、車から離れるのは不利だと気づき、走り戻って車体に沿うように逃げた。車を挟んで向き合う形になったところで、理絵子はようやく唇を噛《か》みながら両の拳を下ろした。

「不意打ちでわたしの回し蹴りを避《よ》けるなんて、大したものね。調査員っていうのは、そういう訓練もしているわけ?」

「いえ、たまたまです。あなたが仕掛ける寸前、笑ってくれたから、すんでのところで反応することができた」

ふん、と理絵子は鼻を鳴らして、落としたバッグを拾い上げる。

「そっちも調査員?」

京香は前へ回り、フロントガラス越しに助手席で顔を引きつらせて固まっている夢良を見、「いえ、パラリーガルです。今は調査の相棒ですけど」と答える。

「そう。誰でもいいけど、つまりはあんた達なんでしょ。あの妙な動画を撮ったのは」

「そうです」

「汚いことするのね、うと法律事務所って。あたしの代理人も碌《ろく》な仕事しないから馘《くび》にしたけど、お宅らはもっとあくどいわよね」

「弁解するつもりはありません。我々は依頼人の希望を叶《かな》えるのが仕事です」

「あ、そう。で、なんなの。他になにか、慰藉料をふんだくるネタでも見つけた? いっとくけど児玉さんは関係ないからね。あたしのことで彼に迷惑をかけるなら、今度こそ本当にその空っぽの脳天に蹴りをお見舞いするわよ」

「あなたが学生時代、テコンドーをなさっていたことは伺っていましたが、これほどの腕前とは知りませんでした。大会とかに出ておられた?」

「全国大会の上位に入賞したことはあるけど」

「そうでしたか」と京香は冷や汗を拭《ぬぐ》う。「これからは事前に許可を取って近づくことにします」

黙って背を向ける理絵子に、京香は素早く告げた。

「あの動画はヤラセでした」

顔だけ振り返った理絵子は怪訝《けげん》そうに目を細める。「なに？　そんなことあたしに白状していいの？　まだ争いは終わってないのよ」

「ええ。但《ただ》し、ヤラセを仕組んだのは我々ではありません。田塚弁護士も、うと法律事務所もいっさい関与していない」

「だからなによ。ヤラセはヤラセでしょ」

「そうです。わたし達も騙《だま》されるところだった。バスターミナルであなたを怒らせた少年もあなたが一方的に悪いと証言した中年男性も、青柳邦広氏の意を受けた連中でした」

理絵子は体ごと向き直り、一歩京香に近づいた。助手席のドアが開き、夢良がおずおずと外に出てくる。

そのとき、レストラン「こだま」から様子に気づいた児玉が出てきて理絵子を呼んだ。

「今、行きます」と返事し、そして理絵子は京香を向いて、入れば、といった。

農家を改造した店内は、古びてはいるが清潔で懐かしい雰囲気を生かした空間となっていた。畳の上に薄茶色のカーペットが敷かれてテーブル席が四つ。その奥は縁側がそのまま残され、木枠のガラス戸越しに裏庭の竹藪《たけやぶ》が見えるようにしてある。

手前のテーブルに京香と夢良が座り、向かいに理絵子が腰を下ろした。児玉は三人にコーヒーを出すと気を利かせて厨房《ちゅうぼう》へと戻って行った。

「それで、どうしてあなた達の依頼人である青柳を裏切ることにしたのか聞かせてよ」

「裏切るわけではありません」

理絵子は長い脚を組み、細い指でコーヒーカップを持ち上げる。

「このような不正な証拠を調停の場に持ち出したことを田塚弁護士は、非常に悔やんでおられます。邦広氏はそれ以前にも、重大な事実を隠蔽《いんぺい》していました」

「それで？」

「田塚は青柳邦広氏の代理人を辞任するつもりです」

実際は悔やんでいるというような生易しいものではなかった。京香らが知り得た事実を述べると田塚は顔を真っ赤に膨らませ、全身で息を吐きながら執務室のなかを飢えたライオンのように歩き回った。うっかり手を出したなら、そのままかぶりつかれただろう。

京香の頼みごとをきいてくれた忠犬野添は、さすがに民事に使われると知ったからだろう、いつもの敏捷《びんしょう》さは見せてくれなかった。調停期日以前に教えてもらえていたなら、田塚も持ち出すことはなかったのだ。だが、今さらそれをいっても仕方がない。

野添は、理絵子の暴挙を証言した中年男性の前歴を照会したところ、ヒットしたことを教えてくれた。

元T組の構成員。私文書偽造、詐欺などの前科があり、現在、組員ではないものの、河川を行き来し資材や土砂などを運ぶ船を扱う小さな海運会社に所属している。

そして、車両照会してもらった車の持ち主は、その元構成員が所属している海運会社となっていた。野添はその会社が、T組のフロント企業であることも教えてくれた。

「あとで動画を見て、バスターミナルでもめた白いパーカーの少年が、その車両に乗り込んだ人間と同一人物であることを確認しました。おまけに車を運転していた人物を少年は『オヤジ』と呼んでいた。あいにく運転手の顔は見えなかったけれど、証言した中年男性とパーカーの少年がグルなら当然、車の運転手も顔見知りである可能性が高い。そうであった場合、理絵子さんを巻き込んだトラブル自体が仕組まれたものとなるし、そんなことをする人間は誰かと考えた場合、青柳邦広氏しかいません」

京香は、理絵子の乱暴さを示す映像が撮れないかと提案してみた。夢良は激怒したが、田塚から青柳氏にそれとなくいってくれるよう頼んだ。その数日後、理絵子を尾行していた京香と夢良の前で、タイミングよく件《くだん》のトラブルが勃発《ぼっぱつ》したのだ。

ヤラセの可能性と邦広氏の関与を匂わせると、夢良は、京香の申し出はまるで邦広氏を誘導したようなものではないかといった。その意図はあった。弁護士の田塚が彼に対して不信を抱きつつあったことにも気づいていたし、理絵子のことを調べるほどに邦広の申し立てが怪しく思えてきたのも事実だ。いいように使われているとは思いたくなかったから、多少、乱暴ではあったが試してみる価値はあると思った。

そして、青柳邦広がうと法律事務所が代理を引き受けるにふさわしい人物でないことが判明した。

ただ、大きな疑問が残った。京香はそれを確かめたくて、辞任を申し出るといった田塚を引き留め、理絵子と直接対決しようと山家レストランで待ち伏せたのだ。

「疑問って?」

理絵子は組んだ脚をほどき、両手を合わせてテーブルに載せた。駐車場で見せたような攻撃的な表情は既に消えている。

「彼はどうしてそこまでして、あなたから慰藉料を手に入れようとしたのか。それが不思議なんです」

「うーん」理絵子が本気で首を傾《かし》げる。五年間の結婚生活が思っていたのと違っていた。妻のために散財した分を少しでも取り戻したい。不倫をされた。その恨みを慰藉料で晴らしたい、若《も》しくは、夢を実現させるために金が必要だった。それらの気持ちはわかるとしても、反社の人間を使ってヤラセを行うほどのことだろうか。いったい、いくら請求するつもりなのだ。

その疑問に田塚は丸眼鏡を押し上げ、慰藉料として二〇〇万よと答えた。大金ではあるが、手の込んだ仕掛けをするほどではない。京香は気になった。この離婚調停には、なにかもっと別の一面があるのではないか。

「また刑事の、いえ元刑事の勘ですか」夢良が皮肉混じりにいった。そうだとしか応《こた》えようがなかったけれど、田塚は好きなだけ調べてくれていいと許可してくれた。依頼人に騙された腹立たしさもあって、なにがあるのか真実を知りたいと切望したのだ。

「わからないな。確かに物凄《ものすご》い額ってことはないけど、今のわたしには無理よ」

そのことは邦広もわかっているのだ。

「お金でなく物納でいいと申し出ましたよね」

「え。ああ、お祖父《じい》ちゃんの土地のこと？　農地と林だから評価額は低いし、だいたい売れないしね。それでいっそ慰藉料と交換って話だったけど、それってなんかムカつくのよね」

理絵子は再び、怒りを露わにして、細いが筋肉のついた腕を振り回し始める。夢良は思わず椅子のなかで仰け反る。

「だいたい慰藉料の名目が納得できないし。あたしがＤＶ？　ふざけるなっての。そっちが軟弱なだけじゃないの。ちょっと頭を打ったくらいで二〇〇万寄越《よこ》せってなんなのよって感じ。そりゃあ、お祖父ちゃんの土地は持っていても仕方ないけど、一応、あたしが育った場所だし、それなりに思い出もあって愛着もあるのよ」

「そうでしょうね。ご近所ともお付き合いがあったでしょうし」

「まあね。たまーにだけど、児玉さんとバカンスよろしく使ったりもしているし」

「なるほど」

「あの土地がなにかあるの？」

「いえ、今はまだわかりません。少し調べさせてもらって構いませんか」

「いいけど」

京香はにっと笑いかける。

「今後、邦広氏を相手に訴訟をされるのであれば、あの動画がヤラセであることを証明するための協力をします、というのがうちの田塚弁護士からの言伝《ことづて》です」

もっとも、ヤラセのことを匂わせれば邦広は動画を証拠として使うことはないでしょうけど、と付け足す。理絵子は納得したように頷いた。

店を辞去する際、オーナーである児玉と理絵子が揃《そろ》って玄関先まで見送りに出てきてくれた。児玉の隣では、理絵子はそれまでとはうって変わった、穏やかな笑みを浮かべている。

駐車場を出て、事務所を目指してハスラーを走らせた。明日の天気を保証するような真っ赤な雲が広がるのを見て、また気温が上がりそうと夢良は悄然《しょうぜん》としてため息を吐く。そして思いついたように京香に顔を向けた。

「どうして、あのコンビニの女性との不倫のことはいわなかったんですか」

相手方の弁護士はそれとなく持ち出しはしたが、最後まで具体的なことはいわなかった。やはり、ただのはったりだったのでしょう、と田塚はいった。実際に不倫があったと知れれば、理絵子にとっては、邦広の有責を問える大きな情報となる。少なくとも、五分にはできる。

「一方、その話を持ち出せば理絵子に苛めの過去があることがわかり、その暴力性を立証する材料になる」

「そうですね。メリット、デメリット両方。ただ、邦広氏の不倫相手が昔、理絵子さんと因縁のある方だと知ったら、どんな風に思われたでしょうね」

「確かにそこは凄く興味があった。とはいえ、相手方の弁護士だった事務所の人間がそれを理絵子さんに教えるのはマズイでしょう」と京香は苦笑いした。

「もちろんです。でも、三星さんならいうかもしれないとヒヤヒヤしていました」

口にしかけたら体当たりしてでも止めるつもりだったと、真顔でいう。

「だけど、あの邦広って男もどっか抜けているわよね。理絵子さんの苛めの相手を見に行ったら、まんまと手練手管に巻かれたし。証拠の映像が撮れればいいと匂わせたら、あっ

はないとおっしゃってましたけれど」

「ですけど、そのヤラセ芝居に関与したのが反社組織の人間かもしれないなんて驚きました。邦広氏はそういう人達と繋がりがあるということでしょうか。理絵子さんは心当たりはないとおっしゃってましたけれど」

「そうよね。そこは気になる」

ちらりと夢良を見る。夢良も上目遣いにこちらを見ていた。

「気になる?」

黙っている。否定はしないのだ。

「気になるのなら、調べてみよっか」

途端に不満そうな顔をし、「つみきちゃんが寂しがります」と一応、文句を口にする。

「大丈夫、今日も陽人くんがきて一緒に遊んでくれるっていっていたから」

「え。それならやっぱり止《よ》して真っすぐ帰りましょう」

「なんでよ」

22

　貴久也は順番に調べてみようと考えた。

　まずは胡桃沢の会社。胡桃沢容平は大学卒業後に中堅どころの商事会社に入社、七年後、営業職のサブリーダーになったとき専務の娘と結婚する。当時、社の最大派閥の長であった義父がやがて社長となると、合わせて胡桃沢も責任ある地位へとステップアップしていった。八年前、その義父が病を得て退任したことで、そのまま引き継ぐ形で社長に就任して現在に至る。ここまではネットの情報や顧問会社のツテを通して容易にわかる。

　経営の方は、道比古がいったようにリーマンショックの傷も癒えて、順調。いや、むしろここ数年、売上は伸びており、海外支社を増やして新たな取引に手を広げ始めていた。

　胡桃沢の会社は南方系の物産を扱う専門商社だ。特にフィリピンやオーストラリア、南太平洋諸国から貝細工、宝石などの装身具やその原材料を輸入している。目を引くのは、タヒチが有名なフランス領ポリネシアで産する黒蝶真珠《こくちょう》。黒真珠は、日本では弔事などに重用されることが多く、単に色を染めたものも含めた黒い色をした珠《たま》を総称していう。そのなかでも天然物である黒蝶貝の真珠はタヒチパールとも呼ばれ、真珠本来の輝きも備えている上、自然に生まれたものだけに緑がかった黒や赤みを帯びた黒など微妙に色や輝きが違っており、珍重されている。

貴久也はいつか応接室で見た、ガラスケースのなかの二枚貝と丸い黒い珠を思い出していた。室伏益男は商品倉庫の管理をする仕事をしていたというから、扱うもののなかにはそういった貴重な輸入品もあったのかもしれない。

道比古がいった良くない噂の方だが、こちらはさすがに弁護士一人では調べることは難しい。警察を真似て、社員に聞き込みをかけるということも考えたが、それではいずれ胡桃沢に知られて邪魔をされる。元々、会社そのものの不正が知りたいわけではないから、直接、室伏が働いていた職場を訪ねることにした。

仕事の終わった恵麻と合流し、川沿いに並ぶ管理倉庫のひとつへ車で乗りつけた。扱う品物に大型の物が少ないせいか、さほど大きな場所ではない。フェンスで囲まれたなかに横長の搬入用建物とコンクリート造りの頑丈な四角い建物二棟が並ぶ。門扉《もんぴ》には警備員室があり、搬入口の奥に事務所らしき小部屋が見える。

その日の当直を担当していた男は、室伏のことを知っていて通夜にも参列していた。娘の恵麻がきていると聞いたからだろう、すんなり出てきて長くならないなら話をしてもいいといってくれた。

年齢は室伏よりは少し若いくらいで、警備会社を退職したあと倉庫管理のバイトを始めた。朝に交替するのだが、その際、帰り仕度をしながら室伏とよく話をしたという。

「娘と孫がいると聞いていたから、てっきり室伏さん似かなと思ってたら」と通夜で見た恵麻の美しさに驚いたと笑ったが、不謹慎だと気づいたのか頭を掻きながら、いい人だったよといった。

「なにか妙だなとか、いつもと違うなとか、感じたときはありませんでしたか。室伏さんの行動や言葉、持ち物でもなんでも構わないのですが」

「妙なこと？　うーん」

交替制なので長く話をすることはなかったが、それでも室伏が倉庫管理をするような人間ではないことはわかったし、どうしてかなとは思ったという。

「だって凄く頭がいいでしょ。大学も出ていて、どこのって聞いても教えてくれなかったけどたぶん国公立じゃない？　言葉の端々や仕事の段取りの仕方ひとつ取っても俺《おれ》らとは違うなと思ったものね」

妙だと思ったのはそれくらいかな、という。「あ、そうだ」と男は思い出したように恵麻を見ながらいう。

「室伏さんて外国語喋れた？」

「はい。父はフランス語とたぶん英語も」

「ああ、フランス語か。そうだろうなぁ、なんか英語とは違うなぁって思ってはいたんだ」

「室伏さんがフランス語を喋ったときがあったんですか」

「ああ。いつだったか、俺、たまたま夜、息子の家で酒飲んで帰るのに車で送ってもらう途中、近くを通ってさ。なんか差し入れしてやろうかって思ったんだ。そんとき息子の嫁から煮物とか持たされていたからさ。息子に門の外で待ってもらってなかに入ったら、倉庫の奥で社の人らしい背広姿の男と外国人がいて話をしていたんだ。そのうち、事務所から室伏さんが呼ばれたのかやってきて、外国語で話を始めたんだよ。室伏さんがペラペラ喋っていることにもびっくりしたけど、なんか難しい仕事してそうだったから、俺はそのまま寄らずに車に戻って帰ったんだけど」

「そのこと室伏さんに尋ねましたか」

「ああ。翌日の交替のとき訊いたよ。そうしたらなんか商品のことで行き違いがあって、担当者が念のためにと室伏さんにも確認したとか。どういうことって訊こうとしたけど、もうすんだことだし、このことは人にはいわない方がいいっていわれた。あんまりいうと、俺らが商品をどうにかしたと疑われかねないからってさ。そりゃとんでもない、妙な疑いをかけられちゃ、たまったもんじゃないっていったんだ。こっちは真面目《まじめ》に仕事してるだけなのに」

男は、本当だよ、と上目遣いに見返す。

「それで」

「室伏さんはもう大丈夫だから気にしなくていい、って。だけど仕事の日でもないのに倉庫に近づくのは止した方がいいっていわれた。なるほどって思ったね。だからそれきりその話はしなかった」と男はちらりと恵麻を見て目を伏せた。「妙なことってそれくらいかな」

　恵麻は優しく微笑《ほほえ》み、丁寧に頭を下げた。生前の父によくしていただいてありがとうございます、といい、男は気を良くしたように笑顔を向けた。

　ＢＭＷを恵麻の自宅へと向かわせる。

　陽人はすでに自宅に戻って一人で留守番をしているということだった。

「夕飯は買わなくていいんですか。いってもらえればどこか寄りますよ」

　恵麻は苦笑し、「大丈夫です。陽人は馴《な》れていますから。きっとわたしの分の食事も用意してくれていると思います」という。

「そりゃ、凄いな。わたしは冷凍食品をレンジにかけるのも取説をしっかり読まないとできない」

「取説？」

「ええ。レンジの取説です。まず、そこからでないとなにもできない」

「ま」おかしそうに笑う。そして、ありがとうございますと軽く頭を振った。

「なにがですか」

「わたしの我がままに付き合ってくださっていること、陽人を事務所で預かってくださること、そのほかもろもろ」

「もろもろですか。どれもみな自分のためでもあるので気になさらないでください」

「お父様の疑いを晴らすためですか。わたしはもう父の死にお父様が関《かか》わっておられるとは思っていません」

「警察は違うでしょう。すっかり疑いが晴れたとわかるまで、追及の手は止《や》みません」

「ああ」と残念そうな声を出す。「あの、三星さんという方、以前、警察におられたそうですから、なにかお役に立ってくださるんじゃないですか」

　貴久也さんの頼みなら聞いてくださるのじゃないですか、と声が小さくなる。貴久也はちらりと恵麻を見、「今回の件は事務所とは関係のないものといってますので」とだけ答える。恵麻は一旦《いったん》、目を伏せたが、なにかを振り払うように顔を上げた。

「明日は仕事が休みですので、朝からご一緒しても構いませんか」

　杣零児のデザイン事務所を訪ね、他のスタッフに話を聞いてみるつもりでいた。その後、県議事務所に寄って誰かいれば話を訊いてみたいし、元県庁の課長が勤める建築会社のことも調べたいと思っている。

「もちろん構いません。遅くなるかもしれないので、陽人くんには学校から事務所に直接行くようにしてもらってください」

「ありがとうございます。陽人は」と一度、言葉を切って笑みを作った。「貴久也さんと話すのが楽しいようです。子ども扱いせず、ちゃんと一人前の大人のような口を利いてくれると喜んでいます」

「わたしは身近に子どもがいないので、どういう風に相手をしていいのかわからない。それでついそうなっているだけです」

「それを楽しいと感じているのは、貴久也さんの優しさが子どもにはちゃんと伝わっているからです」

「だといいが。子どもは好きなので」

「そうなんですか。早くご結婚されて、ご自身のお子さんを」といって手で口元を覆った。「ごめんなさい。余計なことを。本当におしゃべりで、わたしったら、なんだか」

「なんだか？」

「え、その」と短い躊躇《ためら》いのあと、「なんだか浮かれてしまっているようです」と笑んだ。

そして目を真っすぐフロントガラスの向こうにやりながら、恵麻は一語一語確かめるように言葉を続ける。

「こうして同じ目的のために一緒に行動して、話をして色々考えたり相談したり、そしてたまに食事をしたり、お茶をしたり。そんなことがとてもわくわくして、楽しく思えて、いったいわたしはなんのためにこうしてここにいるのだと、自分で自分に呆《あき》れかえっている有様です。そんなだから、つい馴れ馴れしいことをいってしまって、ごめんなさい」

貴久也はハンドルを切りながら、「構いません」と答える。

「一緒に調査をするのですから、互いを信頼し、意思の疎通を図ることは重要です」

「意思の疎通」

「ええ。お互い気づいたことや感じたことはなんでもいい合った方がいい。気づいていないこともそれで気づける。なにより気持ちを強く持てるし、そのことが色々な場面で有利に働く筈です」

「有利」そうですね、と恵麻は笑う。少し前の笑みとはなにかが違う。

「姉弟《きょうだい》であったら、信頼も意思の疎通ももっとできたでしょうか」

「え」といって貴久也は信号のない四差路で左右を確認する。「いや、そうとも限らないでしょう」

恵麻からはもう返事は聞けなかった。

23

貴久也と恵麻がデザイン事務所に向かっているとき、京香と夢良は市内を流れる川の側に車を停めて、対岸を見つめていた。

「あ、また誰か出てきましたよ」

夢良の声に、シートを倒して目を瞑《つぶ》っていた京香は起き上がり、双眼鏡を当てる。

幅六十メートルほどある川を挟んだ護岸に船を係留するための桟橋《さんばし》がある。その側にはコンクリートの二階建てビルがあった。船の持ち主であるアンカー海運だ。

京香と夢良は、理絵子と話をした日にアンカー海運のビルを探し出して夜まで見張っていたが、結局、その日は人影ひとつ目にできなかった。翌日の今日は午前中からずっと張ることにしたが、昨日と打って変わって人の姿がしばしば見られた。京香は夢良に指示して、出入りする人間を順次、ビデオカメラに収めさせる。

反社のフロント企業と思うからかもしれないが、ビルに近づく人間はいかにもという人相風体ばかりだった。海運という名こそ付いているが、社船は二隻《にせき》のみでどちらも屋形船を改造したような小ぶりのものだ。作業船というよりは人を運ぶためのもののように見える。二隻とも朝から全く稼働しておらず、夏の陽射しを受けた川面から光を浴びて、幾何学模様の影をその船体に浮かばせていた。

仕事はないが、ビルのなかには人の気配がしており、時折、出入りがある。ビル前の路上には、京香が見かけた少年を迎え入れた車はあったが、嘘の証言をした前科のある元構成員の姿はまだない。

「さっき入って行った人ですね」

出てきたのは、一時間ほど前にアンカー海運に入った短髪の四十代くらいの男だ。それほど背は高くないが、Tシャツ越しに胸や肩の筋肉が張っているのがわかる。色黒で四角い顔に鼻が異様に大きく、目が細い。京香は双眼鏡を下ろし、夢良もカメラのスイッチを切ろうとしていた。

「待って。誰か近づいてくるわ」

京香がいうと夢良が素早くカメラを持ち上げた。

きちんと背広を身に着けた、六十過ぎの小柄な男だ。生え際は少し後退している感じだが、白髪《しらが》混じりの髪を綺麗に撫《な》でつけている。暑いのか上着を脱ぐとネクタイを弛《ゆる》めた。係留している船を眺めている風で、ビルのなかへ入ろうとはしない。

「関係者じゃないのでしょうか」

「連中とは感じが違うわね。でも、アンカーの人間に用事がある」

京香がいい終わる前に、ビルから出てきた短髪の男が、ゆっくり上着を脱いだ年配の男の方へと近づいてゆくのが見えた。二人は距離を保ったまま、互いに視線を合わさず、それでもなにか話しているのだけは双眼鏡で確認できた。

「ここからじゃなにをいっているのかわかりませんよ。もっと近づきませんか」

夢良がいうのに、「カメラでちゃんと撮って」と指示し、ずっと様子を眺め続ける。話はすぐすんだようで、年配の男は上着を片手に地下鉄の駅の方へと向かった。

「あの男を尾行するわ」

「え。でも電車ですよ。車はどうするんですか」

京香はわざとらしく舌打ちする。だから免許くらい取っておけばいいのに、という言葉を発する前に、「置いて行くのでしたら、事務所に連絡して誰かに取りにきてもらいます」と夢良が鼻の頭を持ち上げるようにいった。

「悪い、お願いね」

京香はそういって車を出た。そして助手席に回るとドアが開かないよう手で押さえ、開いた窓から「あなたはここで車の番をして、代わりの運転手がくるのを待っていて」と告げる。途端に、眉《まゆ》と目を吊《つ》り上げ、むら人形そっくりの顔を作った。「わたしも行きます」

「あの男を尾行するのはあなたには無理。だからここにいて。頼むから大人しくしていてよ」

それだけいい置いてくるりと背を返し、地下鉄目指して走り出した。

電車を乗り継ぎ、汗を拭いながら男は駅に降りた。

京香もあとを追う。どうみても反社の人間には見えない。どこにでもいる普通のサラリーマンだ。年齢からすると退職しているかもしれないが、役員クラスならまだ現役だろう。ただの通りすがりが、一服する間にちょっと言葉を交わしただけかもしれない。一方で、反社と繫がりがある男で、なにか急ぎの用事があって出向いてきたという解釈もできる。今は連絡ひとつ取るにしても、スマホにしろパソコンにしろ使えば痕跡《こんせき》が残るから、あえて直《じか》に会うのもあるかもしれない。京香の勘は後者の方に大きく傾いている。

この男性が反社に頼んだ仕事のなかに、青柳邦広のためにヤラセ動画を撮らせるよう仕組んだことが入っていないか。そうするよう仲介したのがこの人物ではないか。たった二日の張り込みで得る幸運にしては大き過ぎる気がするが、なにかひとつでも成果が欲しいと思う気持ちが、そんな疑いを抱かせた。とにかく身元だけは確かめておきたい。

年配の男は尾行など全く気にするタイプには見えなかったが、時折、周囲を気にする風を見せた。そのやり方が余りにも杜撰《ずさん》で、これまでそんな真似をしたことがないのがわかる。最近、身の回りになにか差し迫ったことでも起きたのだろうか。

男が会社に入ってゆくのを確認して、京香は一旦、その場を離れた。近くにファストフードの店があったから、暑さ凌《しの》ぎに入って、すぐにスマホで検索をかける。中堅どころの建築会社。公共事業も手掛ける。経営は順調。創業も四十年以上だから反社のフロント企業というのも考えにくい。もっとも今どきは、老舗《しにせ》を乗っ取って隠れ蓑《みの》に使うのもあるそうだから一概にはいえないが。とにかくネットで見る限り、不審な感じはしない。

役員関係の名簿を開くが、写真までは入っていなかった。それらをメモしたあと、さすがにこれ以上、野添に頼るのはまずいだろうなと考える。となると自分で地道に調べるしかないのだが、田塚弁護士が青柳邦広の代理人を辞任してしまえば、こんなことも必要なくなる。

うーん、と考えながら、アイスコーヒーを飲んで頭を冷やす。夏でも冬でも京香はアイスコーヒーしか飲まない。熱した頭を冷やせば、論理的な思考ができる気がするのだ。

スマホがバイブした。画面を見ると、うと法律事務所からだった。すぐに応答する。

「はい、三星」

吉村弁護士の声がした。事務所では代表、副代表を別にすれば一番のベテラン弁護士だ。なぜ、吉村が京香に電話してきたのか。一瞬、ハスラーに残してきた夢良になにかあったのかと不安が過《よぎ》る。

「どうしました。芦沢さんになにか……はい？」

スマホからは、落ち着いて、という声だけが響いた。

京香は、全身をバネのように跳ね上がらせて席を立った。アイスコーヒーのカップが盛大にひっくり返るが気にならない。テーブルを突き飛ばすようにして店を飛び出した。そしてなにも考えずに、全力で走り出した。いや、たったひとつのことだけを思いながら。

つみき!


デザイン事務所を訪れると、出てきたスタッフから杣零児は打ち合わせで出ていると聞かされた。貴久也はいかにも残念そうな表情を作る。

留守にすることは事前にアポを取るときに聞いていた。だから明日にして欲しいというのをうっかりした体でわざと訪《おとな》ったのだ。

「せっかくきたのですから、できればどなたかからお話を伺わせてもらえませんか」

若いスタッフは困った顔をしたまま、もぞもぞする。長く勤めているらしい四十代の男性が出てきて、温和な顔つきながら、ボスがいないときにそういうのはちょっと、という。

恵麻が援護射撃をする。

「すぐ近くに喫茶店がありますよね。アイスコーヒーをお願いしようと思いますので、ご一緒にぜひ」

帰るにしても少し休憩させていただきたいわ、と恵麻はくたびれた風情で、男性に微笑みを向けた。男性が、仕方ないなぁ、と後ろのスタッフらを振り返る。若い子らが、ふざけてガッツポーズするのが見えた。ボスがいなければ、どこのスタッフもみな和やかになれる。

貴久也は複雑な心境のまま、恵麻の手腕に恐れ入るという表情を浮かばせた。恵麻はくすりと少女のように笑い返した。

事務所の隅でアイスコーヒーを味わいながら、世間話をする。

やがてベテランの男性が奥の作業場へと移ったのを見て、若い子に話しかけた。

「忙しそうですね。繁盛しているってことかな」

「デザイン事務所のお仕事って、ファッションブランドのショーとかをするんですよね」

と恵麻もにこやかに続ける。

「大手の仕事はなかなかできないけど、ちょっとしたアパレルメーカー主催のコレクションには割と参加します」

ショーを控えていたら徹夜とか、休日返上とかになって大変でしょう、というと若い子らは体力自慢をする一方で、女性のスタッフはデートもできなくて寂しい、と笑わせる。

「でも好きな仕事だから頑張れるのでしょうね。辛《つら》くても誰も辞めたりなさらないのでしょう」

何人かが顔を見合わせる。スタッフの女性が自殺をしていることは調べていた。まだ二十八歳だったらしい。

「辞める人はいないけど、病気にはなるわね」

貴久也は興味ある風に目を向ける。恵麻が、今も入院されているのかしら？ と突っ込む。スタッフらはいい淀《よど》み、雰囲気が変わった。貴久也は戸惑った風を装い、恵麻と顔を見合わせる。「まさか」

「ええ。亡くなったんです。自殺みたい」女性の一人が呟く。だけど仕事で悩んでいるようにも見えなかったのに、みなびっくりしたともいう。他になにか理由があるのではないか、同僚に相談できないことだったのじゃないかと親身な口調で尋ねた。

「上司やクライアントがらみだと、どうしてもみなさんは弱い立場だから辛い思いをしても我慢を強いられる。そういうときは、遠慮せずに公的な相談窓口やわたしのような弁護士に相談して欲しい。命を絶つなどもっての外だ」

貴久也の誠実な言葉に、若い女性らは安堵《あんど》するように頷く。なかの一人が、首を傾げて

「パワハラ、セクハラってことはないと思うけど」と呟く。

そうよね、むしろ喜んでいたものね、と別の女性も続く。

「喜んで？」

「彼女はボスが接待の会食に行くとき、よくついていってたから」

「そうそう。おいしいものが食べられるし、時どきお土産《みやげ》ももらうって喜んでたわ」

「お土産ですか」

「ええ。そのうちどんどん派手になっていって。きっとパトロンでも見つけたんじゃないかって、噂してたくらい」

事務所のなかで、少なくとも女性スタッフのあいだでは、その女性は良く思われていなかったらしい。気の毒そうな顔はしているが、どこか他人事のような気配が漂う。

「パトロン？　恋人じゃなく？」

「だって急にブランドの服とかバッグとか持ち出したから。そんなの買ってくれる二十代っている？」

見渡された若い男性スタッフは揃って首を振る。

「へえ、あれブランドなの」と学生みたいな容貌《ようぼう》の男性が知ってか知らずかの顔で尋ねる。うん、という風に女性は仕方なく頷く。妬《ねた》んでいると思われたくないのか、口調が重くなった。恵麻が、わかるわかるという風に大きく首を縦に振ってみせる。

「クリエイティブなお仕事ですもの。なかには金銭的に援助をしてもらうのが一番の近道だと考える人もいるでしょう。わたしも、才能がなかったらそうしたかもしれない」

暗に、他の女性はみな才能があるから、そんな真似をする必要がないとフォローした。

「そうなの。彼女、だんだんたがが弛んでゆくみたいに、持ち物にこだわるほどにデザインに凝らなくなったのよ。だけど、そんな人だからまさか自殺なんてするとは思わなくて。

ホントびっくりしちゃった」

「でもあとでボスから、彼女が仕事のことで悩んで病院にもかかっていたって聞いたけど」と一人がいうと、そうだったという風に頷き合い、沈んだ表情を浮かべた。

「周囲が気づけないことってありますよね」と恵麻が言葉を添える。

「その彼女が変わっていったのは、いつくらいからですか」と貴久也はすかさず訊いた。

そうねえ、と一人がいい、しばらくしてから、あのショーのときくらいかなといって他のスタッフを見やる。

「ほら、ジュエリーコレクションのときにモデルの服をデザインするよう頼まれたじゃない」

「ああ、そうだっけ」

「あのあと、大きなパールとサファイヤみたいな石のイヤリングをしてきたから、まさかコレクションに出てたの買ったのかって、訊いたもん」偽物に決まっているじゃないって、笑ったけどね、と首をすくめる。

「そうですか。それで亡くなられたのはいつなんですか」

新聞記事には、氏名などの詳細は掲載されない。

「確か、先月の初めだよね。三日？　四日？　少し前に、四十九日をすませたってボスがいってた」

「しじゅうくにちってなに？」

「なにってなに。知らないの？」

なぜかそんなことで盛り上がって、わあわあと声が大きくなる。同僚が亡くなって、まだ二月も経《た》っていないのに、という表情の恵麻を貴久也は横目で見る。他の人も気づいて言葉が途切れ始めたとき、奥にいた四十代の男性が戻ってきた。スタッフが貴久也達と親しげに話しているのを見て、ちょっと不快そうな表情を浮かべる。

「仕事、まだあるだろ。そろそろ休憩終わりにしたら」

ボスの知り合いだから強くはいわないが、これ以上留守に勝手をされると叱《しか》られるからと帰るよう促された。貴久也と恵麻は、頭を下げて辞去する。

クーラーの効いた部屋から出るといっそう暑さが身に沁《し》みた。貴久也はジャケットのポケットからハンカチを出して、こめかみを拭う。

「雨になるみたいですよ。それで少し涼しくなるといいですけど」

恵麻が疲れたようにゆっくり車へと向かう。そのあとを歩いているとスマホがバイブした。事務所からと気づいて、貴久也はすぐに応答する。

「どうしました。なにか問題でも？」

田塚弁護士からで、そこに有働恵麻さんはいるかとまず訊く。います、と答えると、息を呑《の》む気配がした。

「なんですか」思わずきつい口調で問う。その声を聞いて、恵麻が足を止め振り返った。貴久也の表情を見つめている恵麻の顔が、どんどん険しくなって行くのがわかった。

24

暑さと湿気で空を見上げる余裕のない午後だったが、いつの間にか薄墨色の雲が空一面を覆い始めていた。天気予報では夜半から雨ということだったが、もっと早まりそうな気配がある。梅雨明けが近い筈だが、今年は空梅雨だったせいか明けるといわれてもピンとこない。ただ、久し振りに降る雨は長引くと、予報士は口を揃えていっていた。

午後三時過ぎ、京香と夢良が、川の側でアンカー海運を見張っているとき、有働恵麻は貴久也と共にデザイン事務所を訪れていた。そしてその同じころ、小学校から帰ったばかりの陽人と、風疹《ふうしん》が流行《はや》り出したため用心して保育園を休み、朝から事務所で遊んでいたつみきの二人が揃って姿を消した。すぐに気づいて、事務所に居合わせた弁護士や磯部を含めたパラリーガル、アルバイトの学生らで付近を捜索した。日の暮れにはまだ間のある時間で、間もなく、目撃者らしき人物を探し当てた。その証言から、どうやら二人はワゴン車のような車で連れ去られたらしいと判明した。

「吉村弁護士が警察に連絡し、近辺の防犯カメラを精査してもらうよう手筈を取りました」

「どこっ」

京香は吉村や磯部らに摑みかかるように叫ぶ。「どこで見失ったの。二人はどうして外に出ていたの」

「三星さん、落ち着いて。さっきも電話でいったように、陽人くんが近くのコンビニに買い物に行くのを見て、つみきちゃんが追いかけて行ったの」

「どうして気づかなかったんですか。キッズルームを誰も見ていなかったの？　なんのために事務所のなかにキッズルームがあるのよ」

京香は自分が理不尽なことをいっているのも、いってもしようがないこともちゃんとわかっている。だが、言葉も思いも止まらない。口を閉じてしまえば、恐ろしさで体が震え、その場に蹲《うずくま》ってしまいそうだから。そんなことになれば、つみきを救いに行けない。今は冷静になって、しっかり考えなければ。なのに、胸が張り裂けそうなほどに引きつる。

弁護士らがみな申し訳なさそうな顔をするのを見て、歯を食いしばって気持ちを落ちつかせる。

「すみません、ごめんなさい。本気でいっているわけじゃないの。だから」

「いいのよ」同じ年ごろの息子を持つ川久保が側にきて肩を抱いた。そして、大丈夫と何度も頷く。京香は涙が溢《あふ》れそうになり、拳で強く拭った。

「状況を説明してください」

いきなり強い言葉が飛んできた。全員はっと体を起こして出入口を見つめる。貴久也が戻ってきたらしく、滅多に見ない強張《こわば》った顔のまま素早く入ってきた。そのあとを恵麻が顔を青くさせて続く。

説明をしているあいだ、京香はスマホを耳に当てた。すぐに応答があり、野添は班長に替わるといった。

「子どものことは聞いている。特殊班も行くが、うちのも行かせる。カメラが手に入った。見るか」

「はい、お願いします。どうか」

「野添に持って行かせる」

「はい。あの、班長」

「なんだ」

「すみません、ありがとうございます」

「今はそんなことはいい。子どもは無事に取り戻す、そうだな?」

「はい、もちろんです」こぼれる涙を拭った。

スマホを切って、こちらを向いている貴久也に、班長の言葉を告げた。おもむろに頷くと恵麻にも座って水を飲むようにと声をかけた。京香も恵麻を振り返る。青い顔をして立ち尽くしているが、切羽詰まったというよりは哀《かな》しげな目をしている。白くて長い首を縮めるようにして京香を見つめた。黙って見返すと、恵麻は、ごめんなさい、と口走る。

「なにがですか」

「もしかしたら、わたしのせいじゃないかと」

「どういうこと」

京香を見るときに現れる攻撃的なまなざしはなく、怯えて身をすくめる姿が同情を誘っているように、そのときの京香には見えた。どういうことなの、と叫び、大きく踏み込んで恵麻の肩を摑む。身長差があるから、肩を持っていても細い首を絞めている風になる。

「なにか心当たりがあるならいって」と揺さぶるのを磯部が、「待って待って」と引きはがした。川久保らまでが、落ち着いてというので、なんとか手を放し、肩を怒らせたまま唾《つば》を飲み込む。

恵麻は髪の乱れを直すように額から大きく撫で上げる。

「こ、心当たりはありません。ですが、わたしの父のことで、つみきちゃんが巻き込まれたのかもしれない、そんな気がするのです。もしそうなら、わたし」

「今はそんなことをいっている場合じゃない」と貴久也が叱《しか》るようにいう。叱っていながらも庇《かば》っているように思えて、なぜか京香の胸はざわめいた。

間もなくビル補修の作業服を着た特殊班と野添、そして京香のあとに新しく一課に入った巡査部長の男性が姿を現した。野添がＤＶＤを掲げるのを見て、すぐに会議室に招き入れ、テーブルに置いたパソコンの前に座らせる。

「斜め向かいにある製版工場のカメラです。以前、窃盗に入られたということで性能のいいものをいくつもつけていました。工場前から道路のある程度までが映り込んでいます」

そうして映像を送る。

「陽人」

すぐに恵麻が気づき、前のめりになる。小学五年生の少年は、ビルの玄関から道路に出て、おやつを買いに行こうとしていた。外に出ることは事務所の人間にも断っていたので誰も気にしなかった。コンビニはビルの前の道を左に行って角を曲がったところにある。子どもの足でも三分とかからない。

その角に向かいかけたとき、黒いワゴン車がゆっくり姿を現した。そして陽人の前に立ちはだかるように停まると、後部座席のスライドドアを開けてなかからサングラスにマスク、濃茶のツナギの服を着た男が一人出てきた。そして陽人に手を伸ばして、一旦は摑んだのだがすぐに放した。どうやら陽人は咄嗟に男の手に嚙みついたようだった。そして脱《だっ》兎《と》のごとく駆け出した。男もあとを追うが、案外と陽人は足が速い。

「つみきっ」今度は京香が悲鳴を上げた。

事務所のビルからちょこちょこと出てきたつみきは、陽人が走って通り過ぎるのを見つけた。口をぱくぱくさせている。恐らく、「陽人おにいちゃん」とでも呼んだのだろう。追い駆けていた黒いサングラスの男はつみきの側に走り戻って、小さな体を抱え上げた。思わず、「やめてっ」と京香は両手で口を覆う。

野添は別のカメラの映像を映し出す。

男の背中が見え、小脇《こわき》につみきを抱えているのがわかる。男がなにか叫んだのだろう、映像が切れた端のところから、陽人がゆっくり姿を現した。

「ああ」誰ともなく、事務所全体に切なげな声が響き渡る。

陽人は、つみきを人質に取られたことを知って、戻るしかないと覚悟を決めたのだ。男の目的は有働陽人で、陽人を捕まえるためにつみきを利用した。陽人一人なら逃げ切れただろう。だが、そうしなかった。

京香はもう拭うことなく涙を流し続けた。

陽人が肩を落としながらとぼとぼと近づいてくる。別のカメラに切り替わり、陽人の背が、男の前までくると両手を伸ばしてつみきを奪い返そうとしているのがわかった。男はそれを振り払うが、片手しか使えないことで手間取っている。運転席からその様子を見ていたらしいキャップを目深に被《かぶ》った男が、車から降りて近づく。そして陽人の首根っこを押さえて引きずり、つみきと一緒に車の後部座席へと押し込んだ。

ワゴン車はそのまま走り出し、画面から消えた。

野添はパソコンの画面を閉じ、「今、Nシステムや監視カメラを追って車を探しています。ナンバーから所有者は判明しましたが、盗難車でした」といい、京香を見て頷いた。

既に特殊班が、誘拐事件に備えて対策を講じている。貴久也が担当の刑事と話をし、事務所のみなに様々な指示を出す。そんななか、恵麻は悄然として椅子に座ったきりだ。

涙を拭った京香の前にグラスに入ったアイスコーヒーが差し出された。磯部が赤い目をして頷いている。ありがとうございます、といって受け取る。そして思い出して尋ねた。

「芦沢さんは？　戻ってきました？」

「戻っているよ。今はキッズルームだと思う」

アイスコーヒーを手にしたまま、会議室を出る。ガラス越しにキッズルームのなかを見ると、カーペットの上に横座りした夢良の背中が見えた。手に、むら人形がある。窓を叩《たた》いて呼びかけようとしたが止めた。夢良の小さな肩が細かく震えているのに気づいたからだ。

京香はアイスコーヒーを一気に飲み干した。そしてティッシュで洟《はな》を思い切りかむと、大きく深呼吸した。

泣いてなんかいられない。必ず取り戻す。無事な姿のつみきと陽人くんを、絶対、取り戻す。震えそうになるのを奥歯を噛んで抑える。そして野添を呼んだ。

「もう一度、映像を見せて」

25

六時間近く経《た》っても、誘拐犯からの連絡はなかった。

そのあいだ後藤班長も姿を見せ、捜査の進捗《しんちょく》状況を教えてくれる。犯人らの目的が有働陽人であるのは間違いないと判断され、その点について恵麻への聴取が続けられていた。貴久也には、室伏の事件のことでどのような調査をしているのか、一課の巡査部長が尋ねている。Ｎシステムやカメラの映像を追ったが、途中で車は放置されたことがわかった。

「そこからカメラのない路地を辿《たど》ったと思われる。範囲を広げてカメラの映像を探しているが、ヒットするにしても時間はかかるだろう」だから、他の面から追うしかないと、班長が冷静な声で告げる。

つまり、室伏益男事件、若《も》しくは有働恵麻の線からだ。

「どうした、なにか気づいたことがあるのか」

画面を睨《にら》みつけている京香の背後に後藤が立つ。かつて上司と部下として事件を追った者同士だ。京香の刑事としての手腕を一番買ってくれていたのもこの後藤だ。

「運転席の男です」

「見たことがあるのか」

「いえ。マスクは元々していたのでしょうが、慌てて出てきたせいで半分ずり下がったままですし、キャップを深く被《かぶ》ってはいますが、サングラスでなく眼鏡《めがね》のようです。見た感じ若いですね」

黒いジャージの上下を着ていて首元が光って見えるから、金属のアクセサリーをしているのだろう。右手の甲に太陽のような入れ墨が見えた。

「ああ。ただ、顔からヒットする前歴者は出なかった。組対にも訊《き》いたが心当たりがないという。躊躇《ためら》いのない身のこなしから素人とも思えないが」

「最初に出てきた男は明らかに荒事に慣れている感じがしました。体型、動きから二十代とも思えないですし、三十代、もしかすると四十代かも。恐らく反社か反社崩れで、なんらかの前歴ありでしょう。サングラスをしていなかったら、データにヒットした筈《はず》です」

「うむ。可能性はあるな」

「若い方は運転手役でしょうから、免許証の照会ができるのでは」

「出ない。部分的にでもマスクで隠れているし、免許時の写真と様変わりしていたら難しい」

「そうですか。でも、ちゃんと顔を隠そうとしていない適当さからみて、前科《マエ》がないのかもしれません。サングラスの男ほど慣れた感じもしないですから、まだ組に入ったばかりなのでしょうか」

「そうだな。下っ端で運転だけと油断した。だから思いがけず子どもの抵抗に遭《あ》い、慌てたせいで隠すのが雑になった」

「下っ端、ですか」

「どうした」

「いえ、サングラスの男が手こずっているのを見て出てきたのでしょうが、その様子というか態度が」

「態度？」

「はい。入って間もないような人間をこんなヤバい仕事に使うのも疑問ですし。この男、そもそもサングラスの男に対して物怖《ものお》じしていない、むしろ手間取っていることに苛立《いらだ》ちを露《あら》わにしている気がします」

　運転席に戻りかけた若い男は、実行犯の男に向かってなにか叫んでいる風だった。マスクから上唇がはみ出ていて歯を剝《む》いている風にも見える。そう思うと眼鏡の奥にある目も怒っている気がする。

「つまり？」

「二人は対等、若しくは違う組織に属するとか」

「違う組織？」

「たとえば、反社と一般、反社と半グレ、反社とネットで集めた人材」

「一般はないな。ネットで犯罪者を集めることは可能だろうが、となれば顔見せすることには神経質になる筈だ」

「はい。となると半グレ」

今どきは、暴力団が半グレと手を結んだり、下部組織のようにして使ったりすることも増えた。それでも、半グレの多くは暴力団のように、上下関係や主従関係でがんじがらめになることを厭《いと》うて今風を気取る。だからこそ気ままにできるのであって、それが妙な自信に繋《つな》がってか、ときに暴力団相手にも物怖じせず挑むような真似《まね》をする。警察にしても、上下の縛りや強い結束があるわけではないから扱い難《にく》い。抑える者がいないから、キレたらなにをしでかすかわからない怖さもあった。

そんな連中の手のなかにつみきがいるかと思うと、激しい恐れと共に頭が破裂しそうなほどの怒りが湧《わ》く。万一、あの子を傷つけたら全員、殺してやる。

「冷静になれ」

そんな京香の気配を察した後藤が、強く肩を叩《たた》いた。

スマホがバイブした。元夫からで、京香はいっぺんに激情が冷めるのを感じる。野添から防犯カメラを見せられ、誘拐がはっきりした時点で一報を入れていた。酷《ひど》く詰《なじ》られたあと、今すぐそっちに行くといわれたが、捜査の邪魔になるだけだから後藤班長から遠慮して欲しいといわれていると伝えて、なんとか諦《あきら》めさせた。元夫も警察官だから、階級が上の後藤の言葉を無視することはできない。班長がうんぬんは京香の出まかせだが、あながち間違いではない。興奮した元夫と事務所で喧嘩《けんか》をしても、恥をかくだけでつみきの救出にはなんの役にも立たないのだ。あとで嘘《うそ》を吐《つ》いたと知られれば、親権を渡せとまたもめることになるだろう。それでも今は、つみきの無事を知ることが最優先だと思い切る。

とはいえ、つみきの父親だ。心配でたまらず様子を聞きたがるのは当然だし、京香も応じないわけにはいかない。気を遣った班長が側《そば》を離れてゆく。

「ワゴン車が放置されて発見されたわ。その後の行方《ゆくえ》を今、全力で追ってくれている」

「犯人からの要求はないのか。もうずい分経つぞ」

「ないわ。だからたぶん」

「たぶん？」

「脅しだと思う。余計な真似をするなという」

「余計な真似をしたわけだ。どうしてつみきを巻き込むようなことをする。なんで大人しく母親をしていられないんだ。そんなことなら、俺《おれ》が引き取る」

「今はそんな話しないで。つみきの無事な体をこの手に抱いたら、いつでも好きなだけ小言を聞くから」

さすがに元夫も黙り込む。そして詳しい状況を教えてくれというので、犯人の二人について話し、班長とのやり取りもいう。

「半グレか。あり得るな。うちの管内でも大小、アメーバのように増えている。グループごとに名前をつけて一人前にテリトリーを設けて悪さをするが、入れ替わりも解散も早い。そうなるとあとを追うのが厄介だと生安や刑事らがボヤいているな」

元夫は警務畑で、今も所轄の警務係の主任をしている。各課との調整をする係でもあるので、どことも等しく付き合いがあるのだろう。

「君が想像するように、暴力団と組むのもいるしな。親子かと思ったら、ヤクザと半グレだったという笑い話もある。どっちも偉そうでムカつくと刑事が頭にきていた」

親子――オヤジ。

京香は脳裏になにか小さな光が瞬《また》いた気がした。

「京香？　おい、なんだ。どうした。なんで黙る、なにかあったのか。動きが」

「黙って」

「な」

「ごめん。こっちは前線なのよ。わかるでしょ。これで切るわ。見つかったらすぐに連絡する」

そしてなにか喚《わめ》いているのを無視してスマホを切った。そして席から立つと大声で呼んだ。

「芦沢さん」

26

田塚弁護士がパソコンの画面に出してくれた。

夢良と共にスマホで撮った映像だ。

理絵子に小突かれ、白いパーカーを着た少年が大袈裟《おおげさ》に転がる。すぐに中年の男が現れ、助け起こした。

「確かにこいつは元反社で前歴もありますが、ワゴン車の男とは違いますよ」

人相でなく、体軀《たいく》からして別人とわかる。野添はそういうが、京香は首を振って、こっちの少年と指を差した。

「わたしが見た限りでも未成年であることは間違いない。フードを下ろしていたから顔も見ている。乗り込むとき車の運転手に『オヤジ』といった。昔はヤクザが組長をオヤジと呼んだりしたけど、こんな少年がいうとも思えない」

「つまり、運転手は本当に自分の父親か」

「はい。そして反社の可能性があります」

証言した中年の男が元反社で、組んでいた少年の父親が運転していたのだから一味なのだ。しかも乗っていた車はフロント企業であるアンカー海運の所有。となれば父親の方も反社と考えられる。

「息子もワルか」

「ええ。もしかして半グレかもしれない」

「なるほど。二人のことはわかった。それで今回のワゴン車の二人とどう繋がる」

後藤がいうのに、京香は軽く眉根《まゆね》を寄せた。はっきりとした証《あかし》があるわけではない。元夫がいった、親子ほども歳《とし》の違うワル同士が手を組む。そんな景色を以前に見たことを思い出したのだ。

何者かが邦広の依頼で、理絵子を嵌《は》めるための芝居を仕組んだ。一人は元反社の中年男。もう一方は高校生くらいの若者。その高校生を車で待っていた運転手役の『オヤジ』と呼ばれた男。

父親が反社で、それに手を貸す息子が半グレだとすれば、同じ図式が今回の誘拐事件にも当て嵌まる。

「暴力団が、自分の息子に半グレのグループを作らせて利用しているってか」

一課の新任の巡査部長も会話を耳にして側まで寄ってきていた。野添はずっと側で腕を組んで考え込んでいる。「ですが、そっちは民事のもめ事ですよね」

京香は唇を嚙《か》むが、「ただの離婚調停なのに、こんな大掛かりなことを企てた。しかもアンカー海運というフロント企業がからんでいる」と答え、脳裏にサラリーマン風の六十代の男を思い浮かべた。あの男のことはまだなにもわかっていない。それでも、と京香は目に力を込める。

「班長、わたしの勝手な思い込みかもしれません。ただの偶然に過ぎないかもしれません。ですが、お願いします。どんな手掛かりでも今は欲しいんです。どんなことでも気になることは調べたい。わたしは、わたしは」

「わたしからもお願いします」

後ろからしわがれた声がした。振り返ると、うと法律事務所の代表葛道比古の姿があった。近づいてくると、ゆっくり頭を下げた。

「当事務所は警察に全面的に協力します。わたしに聞きたいことがあれば、なんでもお答えしましょう。ですから、どうか三星さんの頼みを一考していただけませんか」

威風堂々たる道比古が頭を下げる姿に、野添らがちょっとあとずさった。後藤が目を細める。

「葛さんには、お話しいただいていないことがいくつかあります」

「ええ、それにもお答えしましょう」

ふむ、といって後藤が首を回した。「野添、三星と協力してそのアンカーとフードの少年を当たれ」

「了解です」

余りの安堵《あんど》で、また涙腺《るいせん》が弛《ゆる》みそうになる。すぐに唇を引き結び、道比古の側へ寄った。

「代表」

あとの言葉をいう前に片手を挙げられる。

「こんな大変なことが起きているときに遅くなってすまなかったね。つみきちゃんも陽人くんも無事に戻ることを信じているよ」

「はい」

会議室に後藤班長と道比古が入ったのを見届けたあと、野添にアンカー海運を見張っていたなかで撮った人間の映像を渡す。データベースで検索をかける一方、組対にも連絡を入れる。何人かがヒットした。六十代のサラリーマン以外、みな反社か元反社の人間だった。

野添のスマホが鳴り、本部組対からと知って京香も耳をそばだてる。ベテランの組対の刑事からで、思いがけない情報を口にした。

「ワゴン車の男のことでなにかわかりましたか?」野添がスマホをスピーカーにする。ががらした声が答える。

「ああ、運転手の方だがな」

「本当ですか」

京香はぐいとスマホへ顔を近づける。

「顔に見覚えはないんだが、そいつの手の甲に入れ墨があるだろう」

「ああ、はい」

京香と野添はパソコンに目をやる。太陽のような印。

「太陽じゃない。お前らがお日様みたいだというから、わからんかった。今さっき画面を見て気づいた。それは舵《かじ》だ」

「カジ?」

「船の舵。半グレグループ『ラダー』の印だ。英語で舵のことだ。バス停の件にアンカー海運がからんでいるんだろう。アンカーってのは——」

最後まで聞かず、京香は顔をくっつけんばかりにしてパソコンの画面を睨んだ。アンカーは英語で碇《いかり》。舵と碇。そんな偶然はあり得ない。やはり海運会社とワゴン車を運転していた男は繋がるのだ。つみきを拉致《らち》したのは、恐らくアンカー海運の人間だ。手伝ったのがアンカーの関係者の息子が属する半グレグループ『ラダー』。

野添が駆け出し、後藤班長に報告をする。二人して眉間《みけん》の皺《しわ》を深くさせた。

「野添らに半グレを追わせる」と後藤。

「わたしも行きます」

二人が妙な間を置いた。なんですか、と訊《き》くと、後藤がため息をついて教えてやれ、という。野添が頷《うなず》く。

「ラダーの本拠地は正岡西市です。今から正岡西署に行くことになります」

「お前はここに残れ。犯人から連絡があるかもしれん」

そういって後藤は背を向け、また会議室へと戻る。野添らが特殊班に事情を説明し、彼らはまた作業員の服装をして、目つき鋭く事務所から出て行く。それを見ながら、京香は『先輩にはわからない』と叫んだ後輩の顔を思い出していた。

半グレなら、刑事課も扱うが少年が混じっていたりするので生安でも把握している。佐々木飛鳥はベテラン少年係の手伝いをしているといっていた。野添らは当然、刑事課と生安課の両方を当たるのだ。

飛鳥の怒りに燃えた目がちらついた。ぐっと腹に力を込める。それがなんだ。じっとしてなどいられない。ここで大人しく、結果を待ってなどいられるものか。

京香は自分のロッカーを開けてジャケットを手に取る。ネットで買った特殊警棒を取り出して腰とパンツのあいだに挟み、他にも武器になりそうなものを選んでポケットに突っ込んだ。扉を閉めた途端、芦沢夢良の見上げる目とぶつかった。

「どちらに行かれるんですか。行くのならわたしも行きます」

「バカいわないで。お嬢さんの調査ごっことは違うのよ」

泣きはらした赤い目がまた潤む。ごめん、と短く謝る。

「気持ちは嬉《うれ》しいけど、危ない真似はさせられない」

「三星さんはその危ないことをする気なんでしょう。だったら、わたしも。わたしの責任でもあるのですから」

「あなたの責任？」

「わたしが、わたしがちゃんと事務所で仕事をしていたら。探偵の真似事なんかして尾行したり見張りをしたりしなかったら。そうしたら、つみきちゃんが外に出ることもなかったのに。理絵子さんの事件を追いたいといったのはわたしで」

「ストップ」京香は夢良の涙でてかった顔を睨みつける。「自分一人の責任だなんていって、磯部さんや事務所の人を傷つけないで」

夢良ははっと顔を強張《こわば》らせ、拳《こぶし》で目を強くこする。

「ここにいて、つみきと陽人くんが戻るのを待っていて」

そういうなり身を返して事務所を飛び出した。磯部や特殊班の刑事が声を上げたが無視する。階段を駆け下り、一階の自動扉を潜《くぐ》った。

雨だった。結構などしゃ降りだ。

夜には雨になるという予報だったから驚くことはない。ただ、事務所からでも窓が濡《ぬ》れているのは気づけた筈なのになにも感じていなかった。

ルーフ付きの駐車場は玄関の左手にある。一歩踏み出したとき、側に人の気配を感じ、横に飛んだ。葛貴久也が大きな黒い傘を差して立っていた。

「ジュニア」

「あなたが芦沢さんといい合っている隙《すき》に抜け出してきました。黄色のハスラーは目立ち過ぎる。わたしの車で行きましょう」

「え、でも」

「早く。急ぐのでしょう」

京香は降りしきる大粒の雨を見上げ、貴久也の黒い傘を見た。背を向けたのを見て、素早く側に寄り添い、形ばかりに雨を防ぐ格好で駐車場まで一気に駆け抜けた。

27

佐々木飛鳥は、怪訝《けげん》そうな表情を浮かべた。

訊きたいことがある、というと更に首を深く傾《かし》げた。

「さっき野添さんがこられましたけど、まさかその件じゃないですよね」

当然ながら、誘拐事件のことは告げているだろうが、被害者の詳細までは話していない筈だ。京香は飛鳥の白い顔を睨みながら、「攫《さら》われたのはわたしの娘なの」といった。

飛鳥の愛らしい目は驚愕《きょうがく》に見開かれる。「そんな。本当ですか」

「お願い、野添にいったことをわたしにも教えて。半グレ『ラダー』のことを尋ねたでしょう」

「え、ええ。うちの係長が刑事課にいって話した筈です」

「ラダーの連中はどこに屯《たむろ》しているの」

「そんなこと聞いてどうするんですか。三星さんはもう警官でも刑事でもないんですよ」

「わかっているわよっ」

叫んだせいで、周囲の制服警官がさっと目を向けた。飛鳥がため息を吐くように肩を揺すり、こっちへ、と廊下の突き当たりにある倉庫へと誘う。

「わたしはまだここにきて一年ですから、詳しくは知りません」

「だったらラダーの面子《メンツ》だけでも見せて」

見上げてくる目は忌々しそうに歪《ゆが》んだが、すぐに倉庫から出て、しばらくして書類を片手に戻ってきた。

「現在、把握しているメンバーです。大半が成人ですけど、未成年も何人かいます」

写真を一枚一枚舐《な》めるように見る。そのなかから一枚を取り出す。金茶に染めた髪に尖《とが》った目、小柄な体型。バス停で芝居をした少年だ。名前は筒汪治《つつおうじ》。十七歳。恐喝《きょうかつ》の補導歴がある。目を引いたのは特記事項欄で、父親がT組の構成員とあった。名前は藤岡豪《ふじおかごう》。

もう一枚引っ張り出す。こっちは年齢二十《はたち》歳。土木作業員。両手を写した写真まであって、はっきりと船の舵の形の入れ墨が見える。ワゴン車を運転していた男だ。

「野添さんらも、その二人を確認していました」

「そう。この筒汪治の父親が今、どこで働いているか知っている？」

「フロント企業ってことですか？　それは組対に訊いてもらわないと」

「そうね。ありがとう」

「もういいですか。それじゃ」と資料をかき寄せる。京香はその手を押さえた。まだなにか、という目が向く。

佐々木飛鳥は曲がりなりにも捜査一課の刑事だった。しくじって、それを挽回《ばんかい》するために汚れた手を使ったが、一課にくるだけの力量はあった筈なのだ。本部に行くのに同じ手を使ったとは思えないから、実力でのし上がってきたのだろう。

そんな元一課刑事が、上司の手伝い仕事しかしていないなど誰《だれ》が信じられる。生安でもそれなりに結果を出さないと、いくら刑事部長のあと押しがあっても古巣に戻るのは難しいし、誰も認めない。

「最近のラダーで気になることはない？」

飛鳥の黒目が揺れる。すぐに書類を整える振りして目を伏せた。

「教えて。お願い。連中はいったいなにに絡んでいるの。反社と組んでなにかしようとしているらしいけど、それを指示する者がいる筈」

「知りません」

「この連中が密《ひそ》かになにかをしようとするとき、どこを使う？　どんな場所を利用する？　半グレには半グレなりの縄張りもあるし、ツテも馴染《なじ》みもあるでしょう？」

「ですから、そういったことはみな野添さんに話しています。これ以上、民間の方に話すことはありません」

「ここ最近、急に出没し出したところとか、新しく使い出した店とか」

無視して倉庫の戸を開けかける。京香はそのドアを叩くように閉じた。飛鳥が白い頬《ほお》を赤く染めて、目を吊《つ》り上がらせる。上背のある京香を見るためにはどうしても顎《あご》を上げなければならない。それが腹立たしいのか、少し引いて横を向いた。その横顔を見つめながら、京香は腰を折って床に座り込んだ。こうすれば自分が顎を上げなければならない。飛鳥が目を剝いた。

正座する膝《ひざ》に両手の拳を置く。

「あなたのことを認めない、あなたのやり方は嫌だといった」

飛鳥は仁王立ちしたまま、見下ろす。

「その言葉を撤回するつもりはない。今も思っているし、嫌なものは嫌。口先の迎合をするつもりはないわ。だから、わたしを恨んでもいいし、永遠に憎んでくれてもいい。なんなら気のすむまでわたしを殴っても蹴《け》ってくれてもいい。だけど、お願い。幼い子ども二人が命の危険に晒《さら》されている。助けて欲しい」

飛鳥が腰に手を置いて、吐き捨てるようにいう。

「わたしをなんだと思っているんですか。三星さんのお気に召さない人間かもしれませんけど、これでも警察官です。誘拐事件が起きているのに、私怨《しえん》で情報を隠したりしません。一般人に警察の情報を教えるわけにはいかないと、そういっているだけです」

「わかっている、わかっているわ」でも、と京香は拳を広げて床に置いた。「わたしの娘なの。どんなことをしてでも絶対、助ける。そのためにはなんでもするし、どんなことも利用する。たとえ、罪になることであっても。あなたに迷惑はかけない」

飛鳥は反応した。

「なんでもするんですか。大切なことのためなら、倫理に反したことでも、あなたが認められないと思う手段でも使うんですか」

そういうとわかって、あえて口にした。飛鳥は刑事でいたいと渇望し、そのためならどんなこともすると開き直った。その姿を醜いと思ったし、許せないとも思った。だが、今、そんな飛鳥を責めた同じ口で、飛鳥と変わらないことをしようとしている。羞恥《しゅうち》も悔しさも、情けなさもみな、つみきのためなら呑《の》み込める。

「お願いします」

両腕を曲げて、頭を下げた。

「やめてください」

はっと顔を起こす。飛鳥が顔を真《ま》っ赤《か》にして目を潤ませている。

「三星先輩は、一課で活躍する優秀な女性刑事だと、わたしのいる所轄まで噂《うわさ》が聞こえていました。そんな人と一緒に働けるのだと、そう思っただけで震えました。武者《む》震《しゃぶる》いですよ。必ず自分もそんな刑事になってみせると心に誓いました。だから、そんな姿は見せないでください」

「佐々木」

飛鳥は黒いパンツスーツのまま、床に胡坐《あぐら》を組んだ。そして、書類を裏返してペンを走らせ始める。京香は瞬《まばた》きもせず見つめた。ここがラダーのねぐらです、と簡単な地図を描《か》いてくれる。

「ラダーが最近、金回りがいいような噂を聞きました。それで密かに調べていました」

飛鳥は生安でなにか手柄を挙げたいと思っていた。その土産《みやげ》を持って、本部に凱旋《がいせん》するのが理想の形だったからだ。

「リーダーは、この男です」書類のなかから一枚を取り出す。

金茶に染めた髪、尖った目、額に大きなホクロ。名前は筒龍児《りゅうじ》、二十三歳。

「この筒汪治の兄です。父親の藤岡と組んで反社の手先のような仕事もしますが、最近、動きが妙でした」

「どんな風に」

「この筒龍児ですが、父親と一緒にどこから見ても一般人らしい人物と接触したのを確認しました。金回りが良くなったのは、そのころからです」

「その人間は調べたの」

「いえ、尾行は無理でした」

京香はスマホを開けてビデオで撮った動画を出した。「この男?」

「そうです。少し離れたところにいるのはたぶん、藤岡ですね。どうしてこれを？」

「アンカー海運の近くで会っていた」

そうか、あの人相の悪い男が筒龍児、汪治兄弟の父親なのか。

「そうですか。あとでその映像ください」

「わかった」

「それで龍児をマークしました。父親や弟と共になにかしようとしている気がしたので」

「家族ぐるみ」

「はい。ですからラダーというよりは、藤岡一家が個人的に引き受けた仕事のような気がします。この入れ墨の男も、半グレではありますが、限りなく反社に近い男ですし」

そういって飛鳥は、また紙になにかを書き出した。

「ここは龍児の愛人が住むマンションです。汪治もよく行きます。そしてこっちは、汪治が隠れ家のようにして使っている閉鎖された板金工場。この二つに関しては、野添さんらにも伝えてあります」

「そう」

押し黙ったのに気づいて飛鳥の顔を見た。床に焦点を合わせてなにか考え込んでいる風だ。

「なに？」

「あ、ええ。関係ないかもしれませんが」

「うん」

「わたしが一度、龍児の車を尾行していたとき、妙なところをうろついていたんです。この辺りです」

飛鳥は、住所を書き込み、付近の簡単な地図を描いた。

「繁華街から離れた住宅街です。戸建てやファミリーマンションが立ち並ぶ一般居住エリアで、なぜか龍児はスピードを落として周辺を走っていました。なにかを確認しているように見えました。監視カメラのたぐいかと思ったのですが。ただ、うろついたのはその一度だけなので、情報として上げるほどではないと報告書は出していません」

つまり野添らも把握していないということか。京香はすうと息を吸い込む。飛鳥が目を光らせ、「この地区になにかあるんですか」と問う。

「ええ。詳しく説明している暇はないから、うと法律事務所に訊いてみて。田塚弁護士か芦沢というパラリーガルが教えてくれる」

そういって立ち上がるとパンパンとパンツの埃《ほこり》をはたく。挟んだ特殊警棒をもう一度、差し直す。それを見て、飛鳥は眉根を寄せた。

「そんなもので」

「いいのよ。今はわたしは一般人だから。じゃあ、行くわ」

ドアを開け、一旦《いったん》足を止める。背中を向けたままではっきりいう。

「ありがとう。本当にありがとう。この借りは忘れないわ」

ドアを閉めて、京香は全速力で駆け出した。玄関前で待っていた貴久也が、車の鍵《かぎ》を取り出すのが見えた。

28

「確かに、可能性はある」

貴久也はハンドルを回し、アクセルを踏んだ。ワイパーが激しく動くなかを走り抜ける。制限時速は超えているが、こんな日に取締りはしないでしょう、と笑った。

「後藤さんに連絡しなくていいのですか」

本来ならするべきだろう。一課が把握していない事実を摑《つか》んだのだから。だが、あくまでも可能性だ。他の場所を当たっている刑事らを憶測だけで動かすことには躊躇《ためら》いがある。万が一、ここでない場所に監禁されているとしたら、捜索のための人員を一人でも余計に割きたくない。京香もそのメンバーの一人として動いているつもりだ。

「わたしがしなくとも、佐々木がその場所がなんなのかわかったら、必ず上に報告する筈です」

うむ、と貴久也は雨粒に覆われるフロントガラスを見つめた。

ちらりとその横顔を見る。すぐに、なんですか、と訊いてきた。

「有働恵麻さんと一緒に聴き取り調査をしておられたんですよね」

「ええ」

「なにか彼女について不審なことなど気づかれませんでしたか」

ふっと、笑いの息を漏らす。「刑事に尋問されているようだ」

「すみません」

「いえ。あなたには伝えるべきことです。陽人くんがいなくなったと知らせを受けて戻るさなか、車のなかで彼女は心当たりを白状しましたよ」

「やっぱり」

だから自分のせいかもしれないといったのだ。

「通帳があるそうです。母親、亜弓さんの名義の通帳です」

亡くなってすぐのころ、遺品整理をしているときにその通帳を見つけたらしい。

「亜弓さんの通帳?」

「定期的に入金があったといいました。恐らく、室伏さんがアルバイトで稼いだお金でしょうが、想像以上に多くて驚いたと」

生前の亜弓はそのことを知って、良くない仕事ではないかと案じていたのか。

「恵麻さんも気になって、一度だけですが、いったいどんな仕事をしているのか尋ねたそうです。はっきりとしたことをいわないので、犯罪がらみではないかと父親を詰ったらしい。もう辞めてくれとも頼んだそうです。亜弓さんが亡くなった以上、変な仕事をして金を稼ぐ必要はなくなったといったそうですが、室伏さんはなにもいわず通帳を取り上げた。それ以降、恵麻さんは父親のもとには寄りつかなくなった。陽人くんのためにも妙なことに巻き込まれたくなかったから、といっていましたね」

「その通帳は今？」

「室伏さんが亡くなる少し前、恵麻さんのもとに送られてきたそうです」

なるほど。敵はお金の出所を調べられたくなかったから、恵麻さんに圧力をかけようとしたのか。

「気になったのは、それと同時期に、大金が何回かに分けて入金されていたことだそうです。総額二千万円にもなる」

「二千万」

引き出すにしても振り込むにしても、金額が大き過ぎるから本人確認が必要となる。そうなれば亜弓が死亡したことを告げることになり、この口座は封鎖される。相続手続きをしない限り、動かすことができない。だから、ずっと手つかずのまま放置していたと恵麻はいった。

「室伏さんがしていたアルバイトについて、見当はつきましたか」

貴久也は、胡桃沢の会社の倉庫を管理している人から聞いた話をした。どういうことだろうと首を傾げていると、続けていう。

「疑わしいのは、輸入した黒蝶《こくちょう》真珠に問題があるということでしょうか。不良品を現地の偽造保証書で高価なものとして販売する、または色を付けただけの黒真珠をタヒチパールと偽って販売するなどが考えられます。現地の人間が関与しているのなら、フランス語が流暢《りゅうちょう》な室伏さんは役に立ったかもしれない」

「胡桃沢の会社はここ十年ほど業績を上げ続け、利益も増加しているということでしたね。昨日今日《きのう》の犯罪じゃない。つまり室伏さんは、違法だと知って手伝ったということですか」

「かもしれません。奥さんの病気が悪化し、暮らしだけでなく治療にも費用がかかったでしょうから」

「人の弱味に付け込んで、昔の仲間がおためごかしに助ける風を装って犯罪の片棒を担がせた」

「辞めるに辞められなかったのかもしれない。恵麻さんは、今ならわかると泣いていましたね」

本当なら日本に戻りたくなかったのだろう。亜弓や恵麻を見捨てた男がいる国だ。だが、最期のときが迫っていると知って、望郷の念にかられた。死ぬのなら日本の大地の上でと願い、夫はその意志を汲《く》んだ。

だが、日本に戻ったところで生活は立ち行かない。たった一人の娘も、子どもを抱えていっぱいいっぱいの毎日だ。むしろ親として手を貸すこともできないのが情けなく思えただろう。

そんなとき、窮状を見かねた友人が声をかけてきた。だが、蓋《ふた》を開ければ犯罪行為だ。嫌だといえば生活できないし、亜弓の治療にも差し障る。

室伏益男は、大切なもののために一線を踏み越えた。妻と子と孫を護《まも》るためになら、なんでもしてやろうと思ったのではないか。倫理も道徳も正義も法も、人としての誇りも全《すべ》てかなぐり捨てた。

暗いフロントガラスの向こうを睨みながら、京香は拳を握り締める。打ち据えるかのように雨粒が降りかかる。

佐々木飛鳥も自分も同じだと思った。なんと人は弱いのだ、弱過ぎると唇を噛んだ。涙がこぼれそうになり、鼻で忙《せわ》しなく息をする。

「弱いと思いますか」

貴久也がぽつりという。

「ですが、弱いからこそ抵抗しようと考える。室伏さんがわたしに接触してきたのは、彼なりの覚悟だったと思います」

「覚悟」

「戦う覚悟です。三星さん、着きましたよ」

BMWは静かに停《と》まった。

少し先にマンションが見える。廊下の灯《あか》りが雨のなかでも煌々《こうこう》と光って見えた。

青柳邦広が、妻のためにと借りたマンションだ。

29

理絵子がマンションを出てどれほどが経つだろう。

祖父母と共に暮らした田舎家が残っているから、今はそこで暮らしているといったのはいつだったか。ここには邦広が一人で暮らしている、その筈だった。

移動している途中、田塚に連絡を取って、邦広が今どこにいるのか聞いてもらうよう頼んだ。電話の向こうの邦広は落ち着かなげで、なかなか居場所をいおうとしなかったそうだ。今後も代理人として続けるかどうか相談したいからと無理やり聞き出すと、ここしばらくビジネスホテルに滞在していると白状した。

マンションには常駐の管理人がいる。小窓を開けて貴久也が名刺を渡す。横から京香がスマホを掲げ、ビデオ通話の映像を映し出した。

『青柳邦広の弁護士の田塚です。以前、お目にかかったかと存じますが』

眼鏡をずり上げ、人の良さそうな年配の管理人は、ああ、はいはい、と返事する。

『青柳さんから急ぎ書面を取りに行くよういわれて、うちの事務所の人間をそちらにやらせたのですが、あいにく部屋の鍵を持たせるのを忘れました』

それで申し訳ないが部屋を開けてもらえないか、青柳は今、手が離せないので、代わりに弁護士の自分が連絡することになった、と滔々《とうとう》と申し立てる。

管理人は、貴久也の顔と名刺と胸のバッジを見、横に控える京香を見て、あっさり、わかりました、と返事する。

マスターキーを持って一緒にエレベータで上がる。箱のなかで京香と貴久也は互いの視線を交わした。

エレベータを降りて、腰壁の上から雨が激しく降り注ぐなかを歩く。京香が管理人と並ぶ格好で、貴久也が少し遅れてついてくる。

青柳の表札のあるドアの前にきて鍵を差し込んだとき、突然、非常ベルが鳴った。管理人は驚いて立ちすくむ。京香が緊迫した声で叫んだ。

「火事？　まさかと思いますけど、急いで確認した方がいいわ。早く行ってください」

「あ、ああ、そうですね。それじゃちょっと見てきますから、終わったらここで待っててください」と鍵を抜いて走り出す。

「わかりました。お願いします」

エレベータの向こう側にある部屋のドアが開いて、住民が顔を出したのが見えた。管理人はあたふたと声をかけながら駆けてゆく。入れ替わりに貴久也がエレベータ前にある警報設備から離れてこちらへと走ってきた。

京香は貴久也と顔を見合わせたあとドアをゆっくり開ける。ドアガードがかかっている。ドアとの隙間《すきま》に顔をくっつけるが、玄関ホールの灯りは点《つ》いておらず、かろうじて右手に廊下が延びているのはわかるが、その奥は窺《うかが》えない。けれど煙草《たばこ》の匂《にお》いがしたし、男の声で見てこいと怒鳴っているのが聞こえた。邦広の声ではない。

京香がそっとドアを閉めて頷いてみせると、貴久也はジャケットの内側からスマホを取り出そうとした。だが、扉の向こうに人の気配が立つのを察知して、京香は手を挙げて貴久也を止めた。

「あれ、鍵かけてなかったっけ」といいながらガードを外す音が響いた。

その瞬間、京香の全身の血が逆流した。ドアの向こうにつみきがいる。今も命の危険に晒されている。冷静さも刑事の思考もなにもかもが消えた。刑事の鉄則としては、ここで後藤班を待つべきだ。なかに人質がいるのだから危険を冒してはならない。その一方で、このまま無駄に時を過ごして手遅れになったときの恐怖が心臓を鷲掴《わしづか》みにする。苦悶《くもん》に喘《あえ》ぎながらも京香は全身を強張らせ、伸長させた警棒を握る手に力を込めた。貴久也が察して首を振るが、無視する。目の前でドアがゆっくり開く。

すかさず、ノブを持つ手に警棒を叩きつけた。ぎゃっという悲鳴を上げるが警報の音がかき消す。すぐに貴久也が男の腕を引き、外に引っ張り出した。金茶の髪をした小柄な若い男で、京香がバス停の近くで見かけていたパーカーの少年だ。恐らく、筒汪治。

貴久也に、ネットで買った手錠を放り投げ、すぐに京香はなかへ飛び込む。

玄関を上がってすぐ右に折れると、廊下の突き当たりにガラスの戸があり、灯りが見えた。靴を脱ぎ、足音を立てずに素早く走り寄る。なかにいる男の声が、「おーい、汪治、どうした」といい、すぐに戸に人影が差した。京香は廊下にあるドアのひとつを開けて、トイレでなかに誰もいないのを確認して潜り込む。息を殺し、ガラス戸の開く音、足音が廊下を行く音に耳を澄ませた。玄関まで行ったのを確認して、そっとドアを開ける。

汪治よりも大柄で歳上の男が玄関ホールの電気を点けた途端、顔を引きつらせ、「あ、お前」と叫んだ。入ってきた貴久也と鉢合わせしたのだろう。灯りのお陰で人相がわかる。

見たことのある顔だと思った。ワゴン車を運転していた男ではないか。

京香は飛ぶようにして廊下を駆け、思いきり特殊警棒を振り下ろした。慌てて振り返った顔面を外し、肩から喉《のど》にかけて斜めに打ち据える。

ぐっ、とくぐもった声を発して、男は壁に手を突いて支えようとした。更に鳩尾《みぞおち》を狙《ねら》って、突き上げるように力いっぱい叩《たた》き込んだ。声もなく床に膝を突いたところを貴久也が加勢し、動きを封じる。京香はジャケットのポケットから手錠を取り出し、男に嵌めた。

そのとき後ろから、あ、という声がした。ぱっと振り向くと、ガラス戸を開けて若い男が目を剝いているのが見えた。金茶の髪に鋭い目、汪治よりも年嵩《としかさ》で背も高いが二人はどことなく似ている。兄の龍児だ。すぐに引っ込むのを見て、京香は悲鳴を上げながら駆け出した。

「つみきっ、つみきっ」

戸を押し開けるとリビングが現れた。田塚がいったように二十畳はありそうなゆったりしたスペースで、一面、美しい木目の床が広がっている。ベランダ側は全てガラス戸らしく、重厚な織のカーテンが隙間なく閉じられ、豪華なデザインライトが暖かな灯《ひ》を放っていた。左手には白で統一したアイランドキッチンにガラスのダイニングテーブルがあり、右手には外国製らしい大型のソファセットが壁半分はありそうな大型テレビに向き合っている。そのソファの上でつみきと陽人が抱き合うようにして振り返るのが見えた。

「ママっ」

「おばちゃん」

二人に龍児が襲いかかる。ソファの背越しにつみきを摑もうとしたのを、陽人が頭突きをして防いだ。

「いてぇ、このクソガキがっ」怒りに狂った男が、陽人の首を両手で絞めるようにしてソファから抱え上げる。

「やめなさいっ」

「うるせぇ、殺すぞ」

龍児に持ち上げられ、陽人がバタバタと足を揺らす。懸命に苦しさから逃れようと両手の拳骨《げんこつ》で男の腕を打つ。陽人を持ったまま、男が部屋の壁に沿って動く。京香は素早く見渡し、他に人がいないことを確認する。誘拐の実行犯はおらず、若い三人が見張り役らしい。兄弟の父親はどこにいるのだろうと思ったが、陽人の声にはっと目を向けた。苦しそうにもがいている。

「陽人おにいちゃん」

叫ぶつみきの側に駆け寄り、左手でかき寄せた。血走った目をした龍児がじりじりと廊下のガラス戸の方へと近づく。すっと、戸が開くのが見えた。龍児が気づいて振り返る。その瞬間、貴久也が拳で龍児の腹の真ん中を殴りつけた。思わずよろけたところで素早く陽人を奪い返す。京香が加勢しようとしたとき、龍児は懐からナイフを取り出した。それを振り回し、陽人へ襲いかかる。あっ、と叫ぶと同時に貴久也が体を回して陽人を庇った。ナイフが斜めに振り下ろされ、鈍い音がした。貴久也が膝を突いたのを見た瞬間、京香は大声で喚きながら跳んだ。ナイフを構える龍児の顔面を狙って警棒を叩きつけたが、避《よ》けられて空を切る。素早く距離を取って態勢を戻した龍児が、汗と涎《よだれ》で濡らした顔を向ける。舌で唇を舐めながら、ナイフを構え直して京香と向き合った。京香は警棒を突き出したまま、じわじわ這《は》うようにして移動し、ソファに置いたままのつみきの側へと戻る。

黒目だけを動かし、床に屈《かが》み込む貴久也を見る。夏物のジャケットの背は斜めに切り裂かれ、真紅の血がじわじわと噴き出し始めている。悔しさに唇を噛み、警棒を握る手に力を込めた。

龍児は京香を見、床に屈む貴久也と陽人を見て、どちらの獲物にするかと選ぶような目つきをした。焦る心をなんとか抑え、ぎりぎり歯噛みする。貴久也が苦しげな表情で小さく頷くのがわかった。状況だけ見れば、こちらは二人で相手は一人だ。万全ではないにしても、今ならまだ京香に加勢できるというのだ。あの怪我《けが》でどれほど動けるか不安だったが、ここは信じるしかない。

「つみき、テーブルの下に隠れて。ママが見つけるまで、かくれんぼよ」

うん、という声と共に、小さな体が潜り込んだのを見届ける。

龍児がにっと笑う。目は京香に向けたままだが、狙いは違うだろう。どんな猛獣でも、手負いを追う。龍児は怒号を放つと、ナイフを振り上げて貴久也に襲いかかった。貴久也はその瞬間を見極め、床に膝を突いたままで腕だけを伸ばし、ガラスの戸の端を掴むと思いきり引いた。陽人は既に廊下へと逃れている。勢い良く戸にぶつかった龍児は、ひと声上げて上半身を浮かせた。その隙を狙って京香は飛び込む。気づいた龍児がナイフを突き出してきたのを警棒で跳ね返し、その返す手で膝頭を切り裂くように振り切った。ぐわっという悲鳴と共に龍児が床に崩れ落ちる。ナイフが手から離れたのを見て取り、素早く拾ってテレビの方へと放り投げた。

膝を抱えるようにして身を屈めた龍児の背中を力いっぱい蹴り飛ばし、転がったところを馬乗りにして抑え、京香はジャケットのポケットを探った。市販の手錠を持ってきていたが二つしかなかったことを思い出す。貴久也と共に、汪治とワゴン車の男を制圧するのに使ったから、もうない。別のポケットをまさぐって捕縄を取り出す。

壁にもたれるようにして座り込む貴久也を横目で見ながら、「大丈夫ですか」と声をかけた。青ざめているが存外にしっかりした返事が聞こえ、安堵する。龍児を後ろ手にして縛り上げたそのとき、悲鳴が聞こえた。

貴久也と京香は声のした方へ顔を振り向けた。廊下の先で、陽人が誰かに掴まれている。

「陽人」貴久也が叫び、京香は立ち上がると再び身構えた。

「貴様ら、なんだ」

小柄ながら筋肉質の体軀をした男が、陽人の襟首を握って引きずりながら廊下を歩いてくる。四十代くらいの四角い顔の男で、見覚えがあった。アンカー海運の人間で、サラリーマン風の男性と川べりで話をしていた人物だ。これが筒兄弟の父親藤岡豪か。

京香の全身から冷や汗が噴き出る。貴久也がよろよろと立ち上がり、青ざめた顔ながらも睨みつける。

「ちょっときてみたらこのザマだ。お前らなにしている」

男の後ろから、先ほど貴久也が手錠を嵌めた二人も現れた。揃《そろ》ってリビングに入ると、縛られて床に転がっていた龍児が、「オヤジ」といって身をよじる。後ろ手に手錠を嵌められたまま汪治が、兄貴、と叫んで取りすがった。

「バカが。お前ら、見張りも満足にできねえのかっ」

男は片手に陽人を握ったまま、龍児の縄を解き始める。京香は警棒を握り締めるが、劣勢になった状況になすすべもなかった。貴久也は傷を負っているし、陽人は敵の手にある。つみきは後ろに隠れているが、このままでは捕らえられる。なにより、この反社の男が京香や貴久也をただですませて置く筈がない。

どくどくと心臓が鳴る。汗が滴り落ちるほど暑いのに、体のあちこちが冷えて震え出す。どうしようか。思いきって強行突破しようか。今ならまだ、二人は少なくとも手錠で身動きができない。龍児も痛手を負っているから先ほどよりは動きも鈍いだろう。

いや、駄目だ。この場を離れたら、つみきが襲われる。だが、なにもしないままでは全滅だ。意を決して全身に力を込める。それを見透かしたかのように、反社の男は冷ややかな目を向けた。

「大人しくしねえと皆殺しだぜ」

ぞっとした。京香一人でなにができる。ただでさえ弱い人間なのだ。震え出した脚を思いきり叩いた。しっかりしろ。弱いがなんだ、弱いからこそ抵抗する。抵抗できる。

縄を解かれて立ち上がりかけた龍児に向かって突っ込んだ。自分が狙われると思っていなかったらしく、あっさり倒れかかる。側にいた手錠の二人までもが巻き添えを食って、足をもつれさせて転がった。京香も態勢が崩れたが、素早く起き上がって立て直そうと動いた。だが、振り返ったときなにかが飛んできた。陽人を投げつけてきたのだ。咄嗟《とっさ》に摑んで抱きかかえるが、重さにふらついて尻《しり》もちをついた。手から警棒が離れる。

藤岡が笑いながら近づき、警棒を拾い上げると面白そうに眺めた。そして足元に転がる京香と陽人に視線を向け、ばっと大きく振りかぶった。京香は瞬時に回転して陽人を下にした。

衝撃がくると思った。だが、なかった。床に伏したまま視線だけ動かすと、貴久也が男の足にかじりついているのが見えた。藤岡が躊躇ったのは僅《わず》かのあいだだ。もう一方の足で貴久也の体を蹴り上げると舌打ちし、そのまま警棒を振りかざした。

「貴久也さんっ」

悲痛な声で叫んだ。貴久也が目を閉じず、ぎっと睨み返しているのがわかったが、すぐに消えた。目を瞑《つぶ》ったのは京香の方だった。

「あ?」という妙な声がした。今から人を殺そうかという人間が発するにしては、いかにも間が抜けた声だった。

京香が目を開けると、藤岡は警棒を振り上げたまま、ガラス戸の向こうを見ていた。その視線を辿ると人影があった。手を振っている?

戸を開け、首を真横に倒して鴨居《かもい》を潜るほど背の高い、肉付きのいい男がのそりと入ってきた。そのすぐあとを後藤班長が、そして野添ら何人もの人間がバタバタと続く。

「大それたことしてくれるじゃねえか、藤岡よ」

見上げるような巨体で思い出した。本部組対の班長だ。反社がからむ事件のときに一緒に動いたことがある。

「ほお、これが愛人に生ませたガキか。お前に似て悪そうな顔しているな。親子揃って碌《ろく》なことしねえんだから、全く。藤岡、今度は簡単に出てこれねえぞ」

早くそれ捨てろ、というと、藤岡はぱっと警棒を放した。組対の係員がわっと抑え込み、一課らも協力して他の三人を引っ張り出して行った。

「今、救急車を呼んだ。大丈夫だ、大した傷じゃない」

後藤班長が貴久也の体をそっと床に横たえながらいうのに、今度は安堵のせいで体が震え出した。野添がつみきを抱いて連れてきてくれた。その柔らかな体を抱いて、甘い匂《にお》いを嗅いで泣いた。そして側に座っている陽人をかき寄せる。

「ありがとう、ありがとう。つみきを護ってくれて」

陽人が京香の肩にしがみつき、わーんわーん、と大声で泣き出した。

30

葛貴久也は、大事を取って入院することになった。

京香もつみきや陽人と共に一旦は病院に行ったが、問題ないということで捜査本部のある署に移動し、迎えにきた恵麻と合流する。京香だけ後藤から説教を受けていたが、そのあいだに元夫が現れて、強引につみきを連れ帰ってしまった。

恵麻や陽人と一緒に事務所に戻ると、弁護士やパラリーガル、アルバイトまでが酷く疲れた顔をしながらも、歓喜の声で出迎えてくれた。夢良がつみきがいないことを知って涙ぐむのに、「すぐ会えるから」と逆に慰める。

そうこうしているうち、吉村に付き添われて貴久也の病院に駆けつけていた道比古が青い顔で戻ってきた。しょんぼりした様子で、どうやら早々に追い返されたらしく、旅先の母親に連絡することも禁じられたと吉村は苦笑いをこぼす。

雨に濡れた服を着替えるよういわれ、磯部からはとにかく食べろとあれこれ差し出される。ようやく落ち着いた気分で、温められたコンビニのカニグラタンを手に取ることができたのはもう真夜中近い時刻だった。陽人の様子に安堵した恵麻が、京香の側にやってきて頭を下げた。

「陽人を助けてくださってありがとう。そしてごめんなさい」

京香はグラタンを飲み込む。陽人くんを庇って怪我をしたのは貴久也さんですからといい、「謝罪されるのは、室伏さんの手元に大金が振り込まれていたことを黙っていたからですか」と尋ねた。

汗か雨で濡れた髪がひと筋、青白い頬に張りついていた。「父が犯罪に加担しているのではと思うと、なにもかもお話しするのには抵抗がありました」と恵麻は項垂《うなだ》れる。

「そうですか」

京香はスプーンを置いて、水をひと口飲んだ。

「それだけじゃないですよね」

「え」

「陽人くんは攫われても危害は加えられないのではないか、そう思っていませんでしたか？」

恵麻が目を瞠《みは》る。その顔を睨みながら京香は、「わたしも母親です。自分の子どもが誘拐されて、どれほどうろたえ、慌てるか、今回のことで身に沁《し》みました」そのときの恐怖を振り払うように続けた。「だけど、あなたはそれほど動揺しているようには見えなかった。狙いが陽人くんだとわかったあとでも」

「そんなことは」といいよどむ。

「あなたは自分の実の父親が誰か、既にご存じなんじゃないですか」

道比古や田塚、吉村、磯部、夢良らがいっせいに動きを止める。恵麻は唇を嚙みながら横を向いた。夢良が気をきかせて、陽人をキッズルームに連れて行き、ゲーム機と毛布を与える。

京香は口を閉じたままの恵麻に更に告げる。

「その父親と思われる人物が、室伏さんを犯罪に巻き込み、そのことが露呈しないようにあなたに脅しをかけた。少なくとも、あなたはそう考え、恐ろしい相手だと思いながらも心のどこかでは、血の繫がった孫を殺すまではしないのではと思っていた。違いますか」

恵麻は美しい目を開き、磯部がいうところの敵に挑みかかろうとする白鳥のように首を伸ばして胸を張った。

「凄《すご》いですね。貴久也さんがあなたを信頼されているだけはありますね」

「ジュニアが？　あの人がわたしを買ってくれているとは思えないけど」

「口にこそ出されないけど、言葉の端々から窺えます。一緒に調査するのなら、わたしでなくあなたとが良かったと思っておられたでしょう」

京香は、なにがいいたいのか、という風に目を細めた。恵麻はふいに顔を真っ赤に染めると、大きく深呼吸した。

「母が入院していたときです。一人で見舞いに行くと様子がおかしかった。なにを聞いてもまともに答えてくれないし、目も合わせてくれない。水でも買いに行こうと椅子《いす》から立とうとしたとき、足元のゴミ箱になにかが光って見えた。なんだろうと思って屈み込もうとしたら、母が大きな声で、ゴミを漁《あさ》るなんて卑しい真似しないで、と叫んだんです」

そういって恵麻は、右手で左腕をさすった。雨のせいで気温はそれほど上がらなかったが、その分、湿気が酷く事務所は送風をかけていた。

「その声にも驚きましたが、母のいい方はとても憎々しげで、わたしが判《わか》らなくなったのかと訝《いぶか》ったほどでした。病室を出て、少し時間を潰《つぶ》して戻ると父がいました。母が眠るまで一緒にいて、父が出て行くのを見送って、ゴミ箱を見たらそれは消えていました」

紙屑《かみくず》に混じってベルベット生地の細長いケースが見えたと思ったのに、ゴミしかなかったという。

「きっと父が回収したのでしょう。でも慌てたせいで、紙屑に紛れて取り残したものがありました。黒い真珠がひと粒」

京香は、あ、と口を開けた。

思い出した。野添が南太平洋のことをわざと口にし、そして後藤からタヒチのことを知らされた。夢良が、タヒチパールと呼ばれる黒蝶真珠が有名だと教えてくれた。そのとき、誰かが口にしたことが頭の隅に引っかかったのだ。あれは貴久也だ。胡桃沢という道比古の友人の商社が扱っているのが南方系の製品で、そこの応接室で大きな真珠を見たと事務所で話していたのを小耳に挟んだ。

「もしや胡桃沢容平があなたの？」

恵麻は、たぶん、と小首を傾けた。

「応接室のガラスケースのなかに黒蝶真珠を見たとき、眼前に、母が卑しい真似、と叫んだときの顔が浮かびました」

恵麻は、調査を進めていくうち出自に疑問を持ち始めた。そして胡桃沢の会社で黒真珠を見つけたとき、遠い記憶が蘇《よみがえ》ったのだ。胡桃沢は死期の迫った恵麻の母親である亜弓の病室を訪ねたのではないか。なぜそんな真似をしたのかは本人に尋ねるしかないけれど、真珠、恐らく黒蝶真珠のネックレスだろう、それが引き裂かれてゴミ箱に捨てられていたことからも、亜弓はそんな胡桃沢を激しく拒絶したのだ。

「でも、うちの代表が父親ではないかとも疑っていましたよね」

「ええ。そうであって欲しいという気持ちとそうでないようにと望む気持ちの半々でしたけど」

ふうむ、と京香は机の上で腕を組む。

どういうことだろう。

もし、誘拐を指示したのが胡桃沢だとすれば、アンカー海運や半グレ『ラダー』と繋がりがあることになる。胡桃沢と青柳邦広に接点があるとは思えないし、となれば邦広のためのヤラセは別件ということか。たまたま反社の仕切るアンカー海運が引き受けた荒仕事が重なった。そんなことがあるだろうか。

室伏は、恵麻の父親が誰か知っていた。だからこそ、頼めばなんとかしてくれるだろうと、藁《わら》にもすがる思いで胡桃沢を訪ねた。胡桃沢の方はもしかすると、娘や孫がいることを妻に知られたくなくて渋々、受け入れたのかもしれない。どちらにせよ、金と引き換えに与えられたのは犯罪がらみの仕事だった。

では、その室伏を殺害したのは誰か。一番、怪しいのは胡桃沢だ。理由は室伏が裏切り、会社の不正や娘の存在など、なにもかも暴露しようとしたから？　しかし社長である胡桃沢がそんなことで殺すだろうか。いくらでも口止めする方法はあった筈だ。しかも室伏が胡桃沢のところで勤め出して四年は過ぎる。最初から不正の手伝いをしていたとは思わないが、それでも今、告発することにどんな意味があるのだろう？

いや、単に恵麻が、今回の誘拐を胡桃沢の仕業と思い込んだだけで、実際は違ったということもある。犯人らが陽人を狙った以上、貴久也と恵麻が、室伏の周辺を調べ回っていることを快く思っていない人間が仕組んだことには違いない。胡桃沢以外にも、室伏を巻き込んで犯罪行為をなしている者がいる？

恵麻は暗い目のまま、奥の部屋へと視線を移す。キッズルームから陽人がこちらを窺っているのが見えた。

恵麻は、陽人が攫われても、胡桃沢が父親かもしれないということを黙っていた。もちろん、実父に対する情愛からではない。今なら、恵麻の気持ちが痛いほどわかる。そんな人間が陽人の祖父であるなど、あって欲しくない。だからきっと関係ないのだと思おうとした。一方で、よもや実の孫に手をかける筈などないという矛盾した気持ちを抱えながら。

京香は、立ち尽くす恵麻をじっと見つめて、はっきりと告げる。

「あなたの父親が誰か、はっきりさせましょう。そうでなければ、室伏さんを殺害した犯人を見つけられない気がします」

恵麻が青白い顔に大きな目を光らせる。

「あなたは、強いのね」

京香は、はい？　と視線を合わせた。恵麻が美しい顔に似合わない卑屈な笑みを浮かべる。

「そんな風に強くなれるのは、あなたが一人じゃないからかしら」

「どういう意味ですか」

「あなたのことが羨《うらや》ましかったわ」

「羨ましい？」

「ええ。同じバツイチのシングルマザーなのに、京香さんの側にはこんなにたくさんのお仲間がいる」

そう呟《つぶや》く恵麻の瞳《ひとみ》の奥に、哀しみの色が見えたのは気のせいだろうか。

恵麻はずっと頑張ってきた。日本に戻ると自分で決めて、自分の意志で結婚し、夫がつまらない男とわかってシングルマザーの道を歩くことになったけれど、その全てが自分の責任で、誰のせいでもないと、ちゃんと弁《わきま》えて生きてきた。そのつもりだったのに、ここにきて葛貴久也に会い、三星京香を知って心が揺らいだのだと告げた。

「なんだか不公平だなと思えたの。小さいころから綺麗《きれい》だといわれ、男性からもてはやされてきたのに、蓋を開けてみればこんな惨《みじ》めな暮らし。毎日、きゅうきゅうとしながら生きている。子どもを抱えて生きてゆくことの大変さを実感しているわ。それはあなたも同じ筈なのに、同じじゃないと思った。羨ましくて」

そして悔しかった、と恵麻は半泣きの顔でいった。

そんな恵麻に、実の父親が凶悪な犯罪者であるかもしれない、そのことを明らかにすべきといったのは酷だっただろう。だが、避けることのできない現実なのだ。受け入れて頑張れとは容易《たやす》くいえない。だから京香は、キッズルームを振り返りながらいう。

「陽人くんは、とても勇敢で心優しい少年です。あなたに育てられた彼はきっと、素晴らしい大人になると思います」

恵麻が、くっと喉を鳴らす。そして急いで両手を口に当てると陽人に背を向けて、声を殺して泣いた。

窓の向こうでは陽人が大きな欠伸《あくび》を放ったのが見えた。興奮状態だったが、ようやく眠気が迫ってきたらしい。

弁護士とアルバイトの学生が車で送ってくれることになり、恵麻は事務所のみなに頭を下げて陽人と一緒に出て行く。道比古は最後まで、自分の家にこないかといい続けた。彼にしてみれば、室伏から託された大事な娘と孫だと思う気持ちがあるのだろう。

もう危険はないと思うが、京香も気になる。つみきが側にいないから今夜だけでも恵麻の自宅を見守っていようと考える。いえば道比古は自分がするといいかねないから黙って席を立った。

「どこへ行くんですか?」

勘良く、夢良が疑惑の目を向ける。笑いながら、恵麻から預かった通帳を捜査本部に届けるのよと答えた。そのついでに、筒兄弟の父親がアンカー海運の側で会った男の素性がわかったか尋ねてみよう。佐々木飛鳥には男の映像を渡し、尾行して確認した建築会社の名前を伝えてある。

それからハスラーのなかで夜を過ごすのだ。もう夜明けまであと数時間。電話して、つみきが起きていたら声を聞いて、体調を崩していないか確認しよう。そうしてじっくり考えてみよう。

31

長雨になるだろうという予報は外れて、朝から強い日差しが容赦なく降り注いだ。水たまりや軒下から垂れる雨に夏の日が当たって、宝石のようなきらめきを見せている。

ハスラーのなかでひと晩過ごしたあと、自宅に戻ってシャワーを浴び、着替えると硬くなった体を簡単なストレッチでほぐして事務所に向かった。

恵麻のところには捜査本部から迎えが行くことになっている。昨夜、後藤のところに立ち寄った際に教えてもらっていた。恵麻には誘拐事件は元より、通帳の金のこと、室伏のアルバイトのことなどたくさん訊《き》かねばならないことがある筈《はず》だ。恐らく、今日戻れたとしても夕方近くになるのではないか。

後藤班は室伏が勤めていたアルバイト先を隈《くま》なく調べていた。そこから胡桃沢の会社の不正が発覚し、今は二課が主になって調べているといった。他にも県庁や県議についても二課や組対と協力しながら調べを進めているらしい。

肝心な室伏殺害についてはどうなのかと尋ねてみたが、さすがにそこまで教えられないという顔をされた。だが、会議室の出入口に組対の面子《メンツ》がうろうろしているのを見て、反社が関《かか》わっている可能性があるのだと確信する。どこからでも目に付く筈の組対の班長の巨体が見えなかった。誘拐に関わった男達を取り調べているのだろう。そこから室伏殺しが明らかになれば、事件は一気に解決に向かう。

なんとなく、先を越されたような気持ちのままハスラーを事務所の前の駐車場に停《と》めた。階段を駆け上がると、入り口側のカウンターで夢良が待ち構えていた。

「お早う。早いわね」といい終わる前に腕を引かれる。

「きてるんです」

「誰《だれ》が」

「青柳理絵子さんが今、田塚弁護士の部屋にいます。三星さんがきたらすぐきてもらってって」

「理絵子さんが？」

なんだろう、と思いながら執務室のドアをノックする。すぐに返事があって、戸を開けた。夢良もついて入る。

田塚の執務机の向かいに理絵子が、鍛えられた長い脚を組んで座っていた。

「どうされました」

京香と夢良は田塚の側《そば》に立って、理絵子を正面に見つめた。彼女はにっと笑って小首を振る。

「今、こちらの先生から聞いたの。邦広が警察に引っ張られたんですって？」

そうなのか、と京香も田塚を見つめる。

「邦広氏から連絡があったのよ。警察がいきなりやってきて、話を訊きたいと連行されたので助けて欲しいって」

ああ、と頷《うなず》く。邦広のマンションが誘拐犯のアジトとして使われていたのだ。都合良く、部屋を空けてビジネスホテルに泊まっていたのだから事件とは無関係、などという御託が通じるわけもない。後藤らにぎゅうぎゅう締めつけられるだろう。

「それで先生は？」

「もちろん、断ったわよ。離婚調停についての代理人も辞任するので、どなたか別の弁護士をお捜しくださいって」

そうですか、と、京香が笑いを堪《こら》えているのに、隣で夢良がにたにた遠慮なく笑っている。向かいの理絵子も同様だ。

「それで、理絵子さんはどうして？　まさかその件ではないですよね」

すると小さく肩をすくめ、バッグから古いモデルのデジカメを取り出す。

「これ」といって画面を差し出した。

「このあいだ、わたしの祖父の土地のこと気にしてたでしょ」

「ああ、はい」

邦広が申し立てた離婚調停に付随して、慰藉《いしゃ》料代わりにと理絵子の祖父名義の土地が俎《そ》上《じょう》に載せられた。

「あなたがご近所とも親しいのかっていったから、久々に顔を出してみたのよ。子どものときから知っている祖父母のご近所さんだから」

「はい」

「お隣なんだけど、土地を手放して近々引っ越しする予定だっていうの。うちの家同様、古くからそこで住み暮らしてきた、ごく普通の人のいい老夫婦なのよ。どうしたんですかって尋ねたら、なんでも半年くらい前から土地を売ってくれとしつこくいわれ続けていたそう。他にいい場所があるからと議員さんまで出てきたって。それでもグズグズいっていたら、しまいに人相の悪い人がうろつき出して、ゴミをあちこち放《ほう》ったり植木を倒したりするものだから、すっかり怖くなって、とうとう手放すことにしたって」

「なんですって」

「地上げじゃないですか」

京香と夢良がそれぞれ唾《つば》を飛ばすが、田塚が冷静に、「その土地になにかあるのかしら」と呟《つぶや》く。

「わからないわ」と理絵子。「とにかく、それでどんな連中なのって老夫婦に訊いたの。このまま泣き寝入りすることない、出るとこ出て戦いましょうっていったんだけど、お年寄りはもう先も知れているし、便利なマンションに住むのもいいかと思ってと消極的なのよね」

「それで」

「うん。でも、なにかのときのためにって、こっそり写真を撮っていたらしいの。スマホじゃなくて、デジカメなんだけど」

「なるほど。それがこれですね。地上げ屋」

確かに人相の悪いのが幾人も写っている。きちんと背広を着てはいるが、目つきが普通ではない。なかにはTシャツに半パン姿の高校生かと思うような若いのまで見える。半グレだろうか。

夢良が次々に送ってゆく。ずい分、遡《さかのぼ》って行く。

「あ、止めて。その前」

二人で写真をじっと見つめる。あ、と同時に声を上げた。

六十代のサラリーマン風の男性が黒い乗用車の側で付近を見回している姿があった。アンカー海運で半グレ兄弟の父親と話をしていた、建築会社の人物だ。車の助手席には誰かいるようだったが、陰になって見えない。他の写真にその人物が写っているのはなかった。

「知った顔あった？」

「ええ」と京香。「このデータ預かってもいいですか」

理絵子はにっと笑う。「いいわよ。ヤラセを教えてくれたお礼」

じゃあね、といって立ち上がり、颯爽《さつそう》と出て行きかける。京香は思わず呼び止めた。

「理絵子さん、もし、お祖父《じい》さまの土地を売り渡せと闇雲《やみくも》にいわれたらどうしました？」

「は？　お隣みたいに？」

「ええ。断れば、質《たち》の悪い連中に嫌がらせをされるとしたら」

ふん、と鼻孔を膨らませる。「上等じゃないの。脅して奪おうなんて、そんな連中のいいなりになるものですか。どんな手を使っても抵抗してやる。弁護士や警察に頼らなくても、いざとなればマスコミやネットで大騒ぎして暴れてやるわ」

そういってモデルのようにしなやかな動きで出て行った。

そう、邦広にはわかっていた。理絵子がそういう女だということが。老夫婦にしたような手は使えない。大金を積んだところですんなり売り渡すとは思えない。あの土地を欲しがった連中は理絵子が相続人と知り、その夫に話を持ちかけた。だが、妻の人となりを聞いて、ひと筋縄ではいかないと考えた。そして邦広を仲間に引き入れ、離婚調停を起こさせ、慰藉料代わりに土地を手に入れようと企てた。

そういうと田塚は顎《あご》に指を当て、うーん、と唸《うな》ったあと、「ずい分、回りくどいやり方だけど、あり得る」と呟いた。

「となれば、やはりその土地の秘密を知ることが肝心ね」

「はい」

「まだ、表に出ていないにか。議員もきたといっていたわね」と田塚が眼鏡《めがね》越しの目を光らせる。

老夫婦の家に議員自らが足を運んだ。国会議員か県議か市議かわからないが、田舎《いなか》に暮らす高齢者にとって議員というものは身近でありながら、権力の象徴のような存在。深い崇敬と畏怖《いふ》の念を抱く人は多い。議員と元県庁役人が勤める建築会社とが組んで、反社や半グレを手先にして悪だくみを考える。余りにも絵に描《か》いたような構図に苦笑すら浮かぶ。

「笑っている場合ではありません、三星さん」夢良の目が吊《つ》り上がる。そのせいで、人のいい老夫婦が愛着のある土地を追い出されるのだ。

「この建築会社の男性か、若《も》しくはその老夫婦に会えば、その議員も誰なのかわかるんじゃないでしょうか。今から行って調べましょう」

「その必要はないんじゃない」

「どうしてですか。え、ご存じなんですか、議員が誰か」

「だって、青柳邦広はそれまでの弁護士を罷免して、わざわざこのうと法律事務所に依頼してきたのよ」

夢良が首を傾《かし》げる。田塚が、ああ、という風に掌《てのひら》で額を覆った。

「そう。邦広がうちを選んで依頼してきたのは、この建築会社の男か若しくは乗用車に乗っていたもう一人の人物がそう指示したからじゃないかしら」

「どういうことですか」

「このうと法律事務所に頼めば、事務所の様子も邦広を通して知ることができる。実際、打ち合わせと称して何度も田塚弁護士を訪ねてきていたのでしょう?」

「様子って」

「それこそ、事務所の人間、特に葛道比古の動静がわかる。室伏益男が代表に接触する可能性があったからなおのことでしょう。他にも事務所の設《しつら》え、キッズルームに子どもがいることなんかもあとあと役に立った」

そして。

「有働恵麻、陽人親子が出入りしていることを知ったときは、さすがに驚いたんじゃないかしら。彼らにとっては葛道比古の側に恵麻さんがいることは脅威にもなっただろうし。誘拐を考えたのも、そのことを知ったからかもしれない」

ひっ、と夢良らしくない声を漏らす。慌てて口を両手で覆い、あとずさって背中を壁にぴたりとくっつける。そうしていないと立っていられないと危ぶんだかのように。

「その人達はどうしてそんなことを考えたのでしょう」

京香は答えない。夢良もわかっている筈だ。

議員と建築会社、いや議員と県庁の元役人か。道比古の友人のなかにそんな人物がいた。室伏益男の窮状を救うため、仕事を与えて生活費を稼がせようと協力し合う涙ぐましい友情。だが、室伏の一番の友人であった葛道比古には声をかけなかった。亜弓のことで二人のあいだに遺恨があるかと気を遣ったといったが、恵麻の父親が道比古でないのならそんなものは存在しない。室伏にしても、本当は誰よりも一番に相談したかったのではないか。

だが、道比古は弁護士だ。胡桃沢のところで、アルバイトと称して犯罪行為に手を染めてしまった室伏は躊躇《ためら》ったのではないか。そうこうしているうち、歪《ゆが》んだ関係はどんどん深まり、ずるずると続ける室伏の忸怩《じくじ》たる思いに亜弓は気づき、心を痛めることになった。思い余った亜弓は、道比古を呼び出した。益男を追いつめるようなことは話せなかったが、夫と娘たちを頼むと消えゆく命を絞り出すようにして頼んだのだ。

「だけどアンカー海運と繋《つな》がっていたのは、その県議と元県庁の男性ですよね」

「そうね」

胡桃沢の会社は関係なかったのだろう。室伏が殺害されたのは、恐らくその土地がらみの件で知ってはならないことを知ったためだった。

「反社や半グレを使っていたとすれば、口封じのため。連中なら安易に殺人に走ることもあり得る」

田塚が暗い顔で呟き、椅子《いす》に深く体を沈めた。

「ここまで全《すべ》て憶測ですから、あとは物証を集めるしかないですね」それにはやはり警察の力が必要となりますと京香は告げた。この写真のデータと共にこれまでのことを全て後藤班に知らせたい。「構わないですか」と田塚に訊く。田塚も、警察から申し出があれば邦広に関する資料を提出すると頷いた。

学校が終わる時刻を確かめて、京香は車を走らせた。母親の恵麻が警察で聴取を受けているあいだ、陽人を事務所で預かることにしている。もう襲われることはないと思うが、主犯が逮捕されるまでは油断ができない。

校門の前まで教師と一緒に出てきた陽人を助手席に乗せ、学校での様子を尋ねる。元気に笑い返してくれるので胸を撫《な》で下ろした。気にしているのは、母親のこととつみきのことのようだ。つみきは大丈夫、ただ恵麻は遅くなるかもしれないけど必ず戻ると告げると、頬《ほお》を赤くして頷いた。

事件のことは話さない方がいいと思ったが、むしろ陽人が先に口にした。

若い三人と一緒のときはそれほど怖いとは思わなかったが、中年の男がきたときは凄《すご》く緊張したと、そのときのことを思い出すのか小さな目を何度も瞬《しばた》かせた。

半グレ兄弟の父親、藤岡豪。若い三人にとっても、畏怖する存在だったのだろう。部屋の空気が一変したことを子どもながらに感じたらしい。

そんな陽人だが、あの部屋に連れてこられてからは、ずっとつみきだけを相手に、これは遊びなのだといい続けたという。すぐにママがやってきて、泣かなかったご褒美を買ってくれる筈だと。その言葉を聞いて、思わずハンドルを放して陽人を抱きしめそうになった。ぐっと堪《こら》えて滲《にじ》み出そうになった涙を指先で弾《はじ》く。

「犯人達は部屋でどんなことをしていたのかな?」

「うーん、お酒飲んでた」

見張り役は十代から二十代前半だ。時間を持て余し、ダイニングテーブルを囲んで缶ビールでも呷《あお》っていたのだろう。大きな声で笑ったりして気持ち悪かったと陽人はしかめっ面を作る。つまりマンションのなかでは、ほとんど顔を隠そうとしていなかったということだ。恵麻へのプレッシャーなら、殺害するまでは考えていなかった。恐らく、いずれ二人を解放した際には、余計なことはなにもいうな、と念を押すつもりだったのだろう。もっとも、そんなことはあくまでも予定のひとつに過ぎず、もしものときは最悪の手段も躊躇わないのが連中だ。改めて、つみきや陽人の置かれた状況に冷や汗が出る。

「そう。その怖い男の人も一緒に飲んでたの？」

ううん、と首を振る。

「怖い男の人がいるときはみんな静かだったよ」

そうだろうな、と口元を弛《ゆる》める。電話していたし、というので、「なに話していたか聞こえた？」と訊いた。

「ゲームのことかと思った」

「ゲーム？」

十七歳の汪治なら考えられるが、父親の藤岡がゲームの話を電話でするだろうか。

「聖スォードの伝説だと思ったんだけど」と陽人が自信なさそうに唇を尖《とが》らせた。

「どうしてそう思ったの」

「真珠とかいってたし、勇者に助けられるのが真珠姫なんだ」

「姫とは限らないでしょ。真珠だけなら」

「だって女っていったもん」

「女」

京香の頭のなかを多くの女性の顔が過《よぎ》って消えた。最終的には、恵麻くらいしか該当しそうにない。

「他になにか覚えている?」

それくらいかな、というのを聞いて、京香は少しの間、黙ったまま運転する。陽人がちらちらとこちらを窺《うかが》う気配を感じて、うん? という顔を向けた。

「あの、貴久おじちゃん、大丈夫かな」

京香はそうか、と思う。自分を守って怪我《けが》をした貴久也のことを気遣わないわけがない。

「今からお見舞いに行こうか。貴久おじちゃんのとこ」

陽人は目を大きくさせて、うん、と元気よく答えた。

32

病院に貴久也を見舞った翌日、京香は捜査本部を訪ねた。

野添は、困り顔をして入り口で立ち塞《ふさ》がる。後藤の後ろ姿を見つけて声を張った。

「班長、お願いします。話だけでも聞いてもらえませんか」

後藤は野添に目で合図し、捜査員が出払った会議室の隅にパイプ椅子を運ばせた。どっかと座ると、「聞くには聞くが、余り時間はないぞ」といってくれる。

京香の考えと提案を聞き終わると、後藤は長いあいだ黙って、やがて短く問うてきた。

「それが必要なんだな」

「はい」

「だが、難しいな。他の連中はともかく県議はいうことを聞かないだろう」

「なんとかなりませんか。なんなら、わたしが脅しをかけてもいいです」

「まあ待て。一応、上と相談してみよう。但し、勝算はあるんだろうな」

後藤の鋭い視線を受けて京香は息を止めたが、すぐに力強く頷いた。

「よし」

そういって立ち上がると、野添に後藤班の係員を全員召集するよう指示を出す。

「今から裏取りをする」

そういって後藤が背を向けるのに、京香は黙って頭を下げた。

後藤が案じた通り、真っ先に文句をいったのが門馬議員だった。

「忙しいんだ。さっさとすませてくれんか。いったいなにが訊きたい」

議員を呼びつけるのは難しいと判断したので、門馬の事務所の応接室で話を訊くことにした。そこに他の面子を揃《そろ》える段取りだ。戸口に京香がいるのを見つけて訝《いぶか》しげな顔をしたが、刑事だと思ったらしく、なにもいわずに部屋に入った。

まず、元県庁役人の多賀が姿を見せた。二人は互いに視線を交わし、短い挨拶《あいさつ》をする。

門馬がふんぞり返るソファを避けて、角にある一人掛けチェアに座ると、出された湯呑《ゆのみ》を掌で包みながら落ちつかなげに両足を揺らした。

野添が二人に見えるようテーブルの中央に写真を置いた。

「これは多賀さんですね」と後藤が尋ねる。

覗き込んでいた顔を元に戻すと、それが？　と多賀がいう。

「ここでなにをされていましたか」

「別に。近くに用事があって、ちょっと外の空気を吸いに降りたまでですよ」そういってお茶をひと口飲む。門馬は他所《よそ》を向きながら耳をほじっている。

「この車」

理絵子の実家の隣の老夫婦が撮った写真は大きく引き伸ばされている。後藤が差し出した写真は車のフロント部分を拡大してある。ナンバーが半分ほど見えた。

「これは門馬さんの車ですよね」

耳をほじりながら門馬は、そうかな、と気のない声で答える。

「どちらに行っておられましたか」

「いや、それはわしじゃないだろう。それともわしが写っているのか」

「いえ、あいにく門馬さんの姿はありません。助手席に人の影はあるのですが」

「ふん、それなら」

「ですが、多賀さんが乗られるもので、このナンバーが当てはまる黒い乗用車は、門馬さんが使っておられるものしか該当しない」

「ただの偶然ということもある」

「そう考え、事務所の方に確認しました」

門馬もそういわれると思っていたのだろう、すぐに、「ああ、思い出した。その日はたまたま出かける先が近かったから、途中まで乗せたんだ」と証言を変えた。

「ほう。事務所の車に一般の人を乗せるのですか」

ふん、と門馬は後藤を睨《にら》み、「別に公用車でもないいんだ。多賀は友人だし、県庁にいたときから時どき乗せてやっていた」という。

「そうですか。で、その日というのはいつですか。わたしは日にちについては明言していません。たった今、県庁時代からよく乗せていたといわれたから、一度や二度ではないことになる。それなのに、この写真がどの日のことなのか、どうしてわかられたのか」

風景でしょうかねぇ、と後藤は写真を手に取る。「どこにでもある田舎の景色ですが、よくおわかりになりましたね」

門馬の目の周囲が赤らんだ。多賀が空になった湯呑を握り締める。

「青柳邦広氏が自供しました」

門馬が目を剝《む》き、多賀が、あ、と口を開けた。

「この土地に有料道路が建設される予定だそうですね。まだ、立案段階で予算も組まれていない、一部の人間だけが知る計画。もちろん、県庁にお勤めだった多賀さんはご存じですよね」

多賀は、ううう、としかいわない。

「お二人でこの土地をあらかじめ手に入れようとされた。そしていざ、計画が始まったら転売して大きく儲《もう》けようと考えた。相当前から動かれていたみたいですね。既にいくつかの土地を手に入れておられたようだが、肝心な部分は土地所有者が没していて、相続人の青柳理絵子さんに持ちかける必要があった。青柳夫婦のことを調べたあなた方は、すんなりと行きそうにないと判断し、夫の邦広氏を仲間に引き入れることにした。分け前をやるといわれた青柳邦広氏は、奥さんの理絵子さんとのあいだで離婚調停を申し立てることを思いつく。有責配偶者として慰藉料を請求、土地を手放させようと図った」

うわっはっは、と突然、門馬が笑う。膝《ひざ》を手で打ちながら、多賀を向いて、「そんなバカな話は聞いたことがない。なあ、多賀よ。お前、そんなことわしに話したか?」という。

多賀は湯呑を握ったまま、いや、と首を振る。

「青柳邦広氏が白状されましたよ」

「ふん。誰の策略だか知らんがデマでも飛ばしてわしを貶《おとし》めようと画策したのだろう。なんの証拠もないのがなによりの証《あかし》だ」

「証拠ですか」

「あるならいってみろ」

確かに、邦広と門馬や多賀とのあいだに契約書や誓約書のたぐいのものはなく、自白以外にこれといった物証はない。そのことは門馬も十分に承知しているのだ。

「では、なぜこの土地のある場所に出向かれていたのですか」

「たまたま通りがかっただけだ。そのとき、こいつが小便をしたいといったんで停まった。それだけの話だ」と門馬は多賀を睨みつける。多賀が痙攣《けいれん》するように首を縦に振った。

「そうですか。この付近の土地所有者が、半年ほど前から反社や半グレらしき連中に脅され始め、とうとう諦《あきら》めてとある不動産会社に土地を売却したそうです」

「それがどうした」

「そのとき暗躍した反社の人物は藤岡豪といいます。アンカー海運の人間です。ご存じでは？」

「知らん」

「多賀さんは？」

「知りませんよ、そんな暴力団なんて」

「そうですか。アンカー海運も？」

「知りません」

「行ったこともない？」

「どこにあるかさえ知りません」

「では、多賀さん、この写真はどうでしょう」

後藤がポケットから一枚の写真を取り出す。夢良が撮った映像から藤岡豪と多賀の姿を切り取ったものだ。

ぎょっと目を剝き、あやうく湯吞を落としそうになる。門馬が横目で睨み、唇を痙攣させた。

「そ、それは」

「このビルがアンカー海運で、この川べりに立っている男が今いった藤岡豪です」そして、といって後藤は指を差す。「この隣にいるのはあなたですよね、多賀さん」

多賀は噴き出す汗を拭《ぬぐ》うこともせず、黙っている。

「あなたは、この藤岡を使って地上げまがいの土地の買収をやらせた。更には、離婚調停で手を焼いていた青柳邦広に頼まれ、この藤岡を使ってヤラセ芝居を行わせた。違いますか」

「そ、そんなこと」

後藤ら捜査本部は組対と協力し、藤岡らの尋問を行った。青柳邦広に頼まれてヤラセをしたこと、土地を買収するため地上げをしたことは認めた。但し、土地についてはあくまでも不動産会社に頼まれたとしかいわない。現在、その不動産会社と門馬、多賀との繋がりがないか調べているところだった。

更に、藤岡らは、つみきや陽人を誘拐したことは、単なる営利目的の犯行だといったきり口を噤《つぐ》んだ。恵麻と門馬や多賀との繋がりについては、知らなかった、たまたまだと惚《とぼ》けている。

多賀が黒目を揺らしながらも、「偶然、そこにいただけで、近くにそんな人間がいたなど気づいていなかったし、話もしていない」といい逃れる。

「そうですか」と後藤は素直に写真を引っ込める。

そこにノックの音がした。

「どうぞ」と後藤がいい、野添がドアを開ける。

白髪の長い髪をひとつにまとめた細い男がおずおずと顔を見せた。

「杣」

「なんでお前が」

門馬と多賀を見て、杣零児は目を見開いた。すぐに周囲を見渡し、後藤に、「なんの真《ま》似《ね》ですか。訊きたいことがあるからきてくれといわれて、警察でもないこんな所に連れてこられたと思ったら、いったい」という。

「まあ、どうぞお掛けください。もちろん、門馬さんと多賀さんはご存じですよね。大学の同期で親しくお付き合いをされている」

「え、いや、今はそれほどでも」と戸惑いながら、多賀の隣の一人掛けチェアに浅く座る。野添が運んできたお茶を後藤が手に取り、杣の前に置いた。顔をぐっと近づけ、「おや、そうなんですか。同期の親しい方でよく集まられると聞きましたが」と訊く。

杣は黙って目を瞬く。じっと見つめていた後藤は、更に問う。

「他に胡桃沢容平さんでしたか、宴席にご一緒されるのは」

「え、いや。たまにですよ」

「たまにですか。だが、葛道比古氏には声をかけられなかったようですね」

「え」

「あと、室伏益男氏も。お二人とも同じサークルの仲間だと伺いましたが」

「室伏は、わしらに雇われているんだから、同じ席にいても気づまりなだけだろう。葛はわしらが室伏を援助しているのを知れば気を悪くすると思って、声をかけなかっただけだ」

門馬が疎ましげにいう。多賀と杣が首をすくめた。後藤が平然とした顔で、ふーん、と鼻を鳴らす。

「そのお二人を誘うことはしなかったけれど、女性は呼ばれたんですね。杣さん」

杣は、びくっと体を震わせた。門馬がそれを見て顔をしかめる。多賀は湯呑を握ったまま俯《うつむ》いていた。

「杣さん、お宅の事務所のスタッフの女性が、そんなお仲間の宴席に参加されたことがあるそうですね。とてもチャーミングな方だったとか」

「え、あ、ああ。でも、彼女は」

「余計なことというなっ、杣っ」

門馬が憎らしげな目を向ける。「なんの証拠もないんだ。当てずっぽうにいわれているのがわからんのか」

「あ、ああ」と杣は顔を青くさせた。

門馬が後藤の顔を睨みつけ、「なんの話かわからん。さっさと本題に入ってくれ。そうでないなら帰れ。わしは忙しいんだ」と怒鳴る。

「その女性は、六月三日、轢死《れきし》しました。ご存じですよね、杣さん」

腰を浮かしかけた杣は、押し返されたようにまたチェアに座った。

「も、もちろんです。うちの大事なスタッフですから」

「その女性は、あなた方の宴席に参加してから、ずい分と生活が派手になったと伺いました。とても上昇指向の強い人だったらしく、スタッフのなかにはパトロンを見つけたのではないかと思った人もいたそうです。そうなんですか、杣さん」

「いや、知らない。彼女のプライベートなどわたしはいっさい関知しない」

「では、六月三日の夜中、どこにおられましたか」

「え」

「そんな話、今は関係ないだろう。だいたい轢死なら事故か自殺だ。わしらに」という門馬の言葉に被《かぶ》せる。「現在、事故、自殺だけでなく、新たに殺人の可能性も視野に入れて再捜査を始めました」

な、という口の形のまま杣は目を剝く。そして反射的に、隣の多賀を振り返った。

「杣っ」

後藤の怒声が轟《とどろ》いて、驚いた杣の体がチェアのなかで跳ねた。

「なんで、多賀を見たっ」口調が一変する。

「え」杣は硬直したまま後藤を見返す。

「門馬議員を見なかったのは、怖かったからか。多賀なら、同じ罪を犯した貉《むじな》同士、慰め合えると思ったか」

杣の鼻先にくっつかんばかりに後藤が顔を寄せる。

「誰がやった」

「は。え、なに、なんのこと」

「誰があんたの大事なスタッフを殺したのかと訊いているんだ」

杣は、ぶるぶると首を振る。お構いなしに後藤は続けた。

「お前か。それとも多賀か。いや、違うだろうな。あんたらじゃ、パトロンになるほどの財力はないしなぁ。だとすれば」と後藤はソファ席に座る太った男を見やる。

「バカバカしい。愚かにもほどがある。もう結構だ」と門馬は立ち上がる。そうしてドアに向かって歩きながら、「このことはあとできっちり責任を問わせてもらうからな。警察がこんなふざけた真似をするなどもっての外だ」と唾を飛ばす。

「車を」と後藤。

なに？　と僅《わず》かに振り返る。

「車を鑑識に調べさせましょう」

「なんだと。わしの車に勝手な真似はさせんぞ」

くすっとドアの側で京香が笑った。声を聞き咎《とが》めた門馬が、ぎっと睨みつける。

「なるほど、あなたの車でしたか。彼女を運んだのは」と京香は目を合わせながら告げた。

「なんだと」

「誰もどの車なんていっていません。調べられたら困るのは、門馬議員のお車だとご自身でおっしゃったんですよ」

「たわけたことを。そんな口先のまやかしでなにが証明できる。お前らみんな首を洗って待っていろ」

「その前に、あなた自身の首を洗う方が先ではないですか。これは情報漏洩《ろうえい》でも地上げによる刑事事件でもない、殺人容疑ですよ」

「だから、わしは関係ないといっとる」

「それなら、あなたの車を調べても構わないですね」と後藤はすっくと立ち上がる。

「許さん」

「どうしてですか。県議ともあろう者が、殺人の嫌疑をかけられたのに、きちんと身の潔白を証明しないとはどういうことですか。清廉であるべき県民の代表なら、誠意を見せるべきだろう」

「う」

「それができないなら、疑われても仕方がない」

「わしじゃない」

あとずさる門馬に京香は一歩近づき、低い声で問い詰める。

「いえ、あなたです。あなたは、同期の宴席に連なった杣の事務所の女性を愛人にした。だが、なんらかの理由でもめて、殺害しようと考えた。そして自分の車で運び、線路に横たえ、自死に見せかけた。違いますか」

「違う」

「違うという証がありますか。仲間内で作ったアリバイなんかなんの役にも立ちませんよ。車を調べて彼女の痕跡《こんせき》がないか確認する。それしか無実を証明する手段はない」

「そんなことあるもんか。そんなバカな」と京香を見、後藤や野添らを見渡す。

「どれほど掃除をしようと痕跡は残るもんです。ましてやトランクのなかだと全て消し去るのは難しい。万が一、髪の毛一本、微《かす》かな血の痕《あと》でも見つかれば一巻の終わり」

後藤が近づき、野添らも門馬を囲む。

「外に鑑識を待たせています。構わないですね」

「い、いや駄目だ。許さんぞ。勝手に触るな。わしじゃないんだから、わしじゃない」

「だったら誰ですか。あなたじゃないというのなら誰だというんです」

門馬がすうと息を吸い込み、息を止めた。京香は後藤と視線を交わす。合図を受けて、素早くドアノブを摑《つか》んで扉を開けた。

そこには胡桃沢容平が、怒りに燃えた目で立ち尽くしていた。

胡桃沢の顔を見た途端、門馬は下顎を落とした。軽くパニックを起こしたようで、目を瞬かせて上半身をゆらりと揺らす。そしていきなり腕を振り上げると、人差し指を突き出し、唾を飛ばして喚《わめ》き始めた。

「こ、こいつだ」

「門馬っ」

「そうだ、こいつがやったんだ。わしじゃない」

「止《や》めろっ、門馬。黙れ、黙れ、黙れっ」

「お前じゃないか、お前が頼むから、いや脅されたんだ、だからわしは仕方なく」

「黙れといっているだろうっ、このクソ議員が。自分がなにをいわされているのか、そんなこともわからんのか」

「うるさいっ。殺人なんてとんでもない。そこまでお前に付き合う義理はないんだ、お前が土地買収の件で脅してさえこなければ、わしだってこんなことに」といったところで、はっと口を閉じた。真《ま》っ青《さお》になった顔を引きつらせ、ぶるぶると細かく肩を震わせる。

京香はゆっくり首を回して、応接セットへ目を向けた。

多賀が両手で顔を覆って、椅子のなかで突っ伏している。隣の杣は、頭を掻《か》きむしり、長い髪を引きちぎっていた。

「あ、ああ」と門馬がふらつく。

胡桃沢が鬼の形相で、門馬に飛びかかる。

「この大バカが。べらべらと喋《しゃべ》りやがって、金食い虫の能無し野郎が」

野添らが引きはがす。その手を振り払うようにして胡桃沢は距離を取ると、上着の乱れを直して、何度も息を吐いた。

「こ、こいつのいうことなど出鱈目《でたらめ》だ。わたしはなにもしていない」

後藤のスマホが鳴った。その場で応答する。短く、わかったと答えると、胡桃沢に目を向けた。

「藤岡が吐きましたよ。胡桃沢さん、あなたに頼まれて室伏益男を殺害したと。なぜ、彼を殺したんです？」

胡桃沢が口を開き、苦しそうに呼吸をする。京香はその前に立った。

「室伏さんは、あなたが女性を殺害したと知った。あなたに頼まれ、黒蝶《こくちょう》真珠に関する不正に加担はしたけれど、さすがに殺人だけは見過ごすことができなかった。だから告発しようと思った。けれどそのことを察知したあなたは室伏さんに圧力をかけた」

それがこれ、と京香は一枚の紙を広げた。ＤＮＡ鑑定の結果報告書。

「有働恵麻さんは、あなたの娘です。恐らくあなたは、自分が殺人犯として捕まれば、恵麻さんが娘であることを公表するといったのでしょう。恵麻さんだけでなく、陽人くんまで犯罪者の血を引く者としてこれから生きてゆくことになる」

更に、口止め料として、いつものアルバイト代の口座へ大金を振り込んだ。金を受け取ったなら、仲間も同然だということだろう。

室伏は思い悩んだ。殺人について知らん顔をすることなどできないし、そんなことをすれば自分も同罪となる。これまで胡桃沢のところでしてきた犯罪とはまるで異なる次元の話だ。だが一方で、日本で暮らす恵麻に肩身の狭い思いをさせたくなかった。この先、一人で子どもを育ててゆくのならなおのことで、過去に自分達がしたように全てを捨てて外国へ逃げるような真似だけはして欲しくない。激しい葛藤《かっとう》の末、葛道比古を頼ろうと考えた。

道比古は弁護士でもあり、胡桃沢の声掛けでアルバイトを紹介した連中とは一線を画している。門馬や多賀は信用できないが、道比古は違うという気持ちがあった。自分が捕まることになっても、娘と孫だけはなんとか守って欲しいと頼むつもりだったのではないか。ただ、そのとき既に、胡桃沢から不信の目を向けられていた室伏は安易に動けない状態にあった。偶然を装って息子の貴久也に接触を図ったのは、彼なりの窮余の一策だろう。あいにく道比古はおらず、結局、胡桃沢に知られて口封じされることになった。

「殺人を隠蔽《いんぺい》するための殺人。だが、室伏が殺害されれば、胡桃沢ら四人に疑いの目は向けられる。だから藤岡にやらせ、お前らはその時間のアリバイを用意した。そうだな胡桃沢」

胡桃沢は門馬や多賀を通して、藤岡を知ったのだ。この二人と反社との付き合いは、想像以上に深く長いもののようだ。だからこそ、藤岡は門馬らが巻き込まれた愛人の事件も知っていたし、室伏を殺害する理由も知っていた。そうでなければ、金のためだけに危ない仕事は引き受けたりしない。

つみきらを監禁した先で、藤岡は誰かに電話をした。門馬か多賀か、もしかすると胡桃沢本人かもしれない。タヒチパールのことだけでなく、愛人のことを口にすることで弱味を握っていると知らしめ、互いに裏切らないための予防線を張った。

京香は、陽人から聞いたその二つの言葉に、室伏事件と土地買収だけではないなにかを感じた。見舞いがてら陽人と共に、貴久也の病室を訪ねた。

そこで、つみきらが攫《さら》われた日、貴久也と恵麻が杣のデザイン事務所で聞き及んだ内容を知らされた。すぐにネットで女性の轢死事件を調べ、野添を通じて担当に確かめてもらった。後藤はその女性の周辺を調べるよう指示を出した。

冷静沈着な後藤が吼《ほ》える。

「藤岡に殺害を頼んだ、間違いないな、胡桃沢っ」

念押しすると、胡桃沢は肩を落とすように頷いた。

胡桃沢は、金をたかるばかりの愛人に愛想《あいそ》が尽き、別れ話を持ち出した。だが、愛人は胡桃沢の会社がまっとうでないことを知っていたのか、脅すような真似をし、怒りを買った。

「あの女は、女房にも喋るといって嘲笑《あざわら》ったんだ」

胡桃沢の妻は創業者一族で、ある程度の株を有している。妻の意向次第で、社長の座から引きずり下ろされる可能性もあったのだ。

「かっとして、思わず」

頭に血が昇り、殴る蹴《け》るを繰り返したようだ。気づくと床の上で女はぐったりして横たわっていた。息をしていないとわかって、胡桃沢は激しく動揺した。そこにたまたま、門馬から電話があったという。門馬の事務所には多賀もいて、土地買収のことで話をしていた。

「門馬は、わたしが杣の事務所で働く女を愛人にしているのを知っている。女の死体が見つかれば、わたしを疑うだろう。そのことでわたしの弱味を握ったとされるのは癪《しゃく》だったし、これからも選挙のたびに金を無心されると思った。だから、いっそ手伝わせようと考えたんだ」

門馬は最初、とんでもないと拒絶した。だが、胡桃沢は土地買収のことを持ち出し、脅すようにして多賀共々引き入れた。選挙のたびに不正な金のやり取りをしていた関係で、三人には黒い繋がりがあった。門馬から土地買収の片棒をかつぐよう誘われていたのかもしれない。

嫌がる門馬に車を出させた。愛人宅に行くのにはいつもタクシーだったし、自分の車を使って疑いを招きたくはなかった。県議の車なら都合がいいし、轢死なら疑われないと考えたのだろう。

後藤は、ふんふんと頷き、腕を組んで胡桃沢を見た。

「早まったな。その時点ではまだ、彼女は死んではいなかった」そういう後藤を、胡桃沢は不思議そうな表情で見上げた。

「女性はお前に殴られ、意識を失った。恐らく胸の辺りも殴ったのではないか。一時的に呼吸が止まった可能性はある。お前はそのことに気づかないまま、慌てふためいて門馬らを呼び、彼女を運び出した」

「え？　死んでいなかった？」胡桃沢だけでなく、門馬までもが驚愕《きょうがく》する。

「ああ。彼女の直接の死因は轢死だ。それ以前に死亡していたなら、遺体に生活反応はなかった筈。だが、彼女の場合はあった」

轢死体の生活反応は微妙だ。車輪に轢《ひ》かれることで急激な圧がかかって出血がないことがある。ホームからの飛び下りならカメラ映像があるから生きていたことはすぐにわかるが、今回は詳細に遺体を確認しなくてはならなかった。その結果、生活反応あり、つまり直前まで生きていたという結果が出ていた。

だから事件性は疑われず、それが逆に彼らの犯罪の発覚を遅らせた。

京香はそこまで知らされていなかった。後藤は、尋問に当たって最後に大きな礫《つぶて》を投げる用意をしていたのだ。

「だから」と後藤は門馬を見、振り返って多賀を見やった。「手を貸したお前らは、殺人を犯したことになる」

「あああー」

多賀が椅子から崩れ落ち、カーペットの上で悶絶《もんぜつ》する。足下には湯呑が二つに割れて転がっていた。隣の席では杣が呆《ほう》けたように脱力している。杣は直接関与していないが、女性に自殺の可能性があったことを偽証したのだから、ある程度、なにが起きたのかは気づいていた筈だ。

後藤はスマホを取り出し、電話した。周囲に聞こえるように声を張る。

「ああ、胡桃沢が全てを白状した。門馬らを通じて藤岡豪を知り、室伏益男の殺害を依頼したということだ。あとは任せる」

相手は恐らく組対の班長。藤岡らが肝心なことは秘匿《ひとく》しようとするのに手を焼いていたから、協力態勢を敷いたのだ。自白していないのにしたかのように装って、後藤に連絡を入れた。取調室なら問題のある方法だが、ここは門馬の事務所だ。取り調べでなく、関係者への聴取中でのうっかりした勘違い。京香が居合わせたのも偶然で通す。

胡桃沢は、そうと気づいて怒りと憎しみに全身を膨張させた。醜く歪んだ赤い顔は、恵麻や陽人と少しも似たところが見られなかった。

33

ネットには恵麻だけでなく陽人のことまで流れた。

うと法律事務所では、見つけるたびにすぐに削除要請を出して処理を行った。こういうものは、よくいたちごっこだというが、いずれ新たな事件が起きればそちらへと話題は集中する。記事は半永久的に残るから、当事者としては気持ちのいいものではないだろうが、そこは我慢するしかないのが実情だ。恵麻も、承知していると頷いた。

陽人はそのせいで学校を休んだが、すぐに夏休みに入り、もっぱら、事務所にきてはつみきの相手をするようになった。

夢良はキッズルームの窓を開ける。

乾いた風が吹き寄せ、格子柄のカーテンを揺らした。陽射《ひざ》しは強く、梅雨明けの宣言と共に堰《せき》を切ったように気温がぐんぐん上昇して行き、クーラーの稼働が増えた。

テーブルに置いたオレンジジュースを陽人とつみきが手にし、互いを見ながら喉を鳴らした。

「あら、素敵。おニューですね、そのTシャツ」

夢良がいうと、陽人はにこっとして、グラスをテーブルに置いた。今、流行《はや》っているアニメのTシャツだ。

「母さんが買ってくれた。僕が引っ越すのが嫌だといって困らせたからだと思う」

「そうなんですね」

つみきは知らなかったらしく、グラスから口を離して、陽人を見上げる。

「引っ越し？　陽人お兄ちゃん、どっか行くの？」

陽人はつみきに笑いかける。

「うん。今日、名古屋に行くんだ」

「名古屋？」

夢良は行先までは聞いていなかった。

「恵麻さんの大学時代の同期が、名古屋で喫茶店をしているそうよ」

振り向くと、京香がドアを開けて立っていた。つみきが、ママと呼ぶ。

「大学の」夢良が口ごもると、京香がゆっくり瞬きして、大丈夫、という。

「ご夫婦でもう長くしておられるそうよ」

「じゃあ、恵麻さんはそこのお手伝いをされるんですか？」

京香と陽人を交互に見つめる。

「手伝いもでしょうけど、フランス語を教える仕事があるそうよ」

恵麻は高校生のころまでフランスにいたからネイティブだ。S県のようなところでは、フランス語の需要は余りないだろうが、名古屋ならあるのだろう。

「良かったですね」といいながら、声に寂しさが籠《こも》らないよう気をつけた。気をつけたつもりだったけど、陽人の表情は曇ってゆく。つみきが、どうしてもいっちゃうの？ と訊くからなおさらだ。

地方にいるより大都会にいる方が、恵麻親子の存在も噂《うわさ》も紛れるかもしれない。安易な考えと京香にいわれそうだが、そうであるようにと祈ることしか、今の夢良にはできない。

「元気でいてくださいね」

「うん。夢良もな」じゃなくて、と頭を掻きながら、「夢良さんも」と陽人はいい直す。

「はい。またいつか、遊びにきてくれたら嬉《うれ》しいです」

「うん。こられたらくる」

つみきちゃんは？ と促すと、立ち上がってバタバタと母親のもとへと走り寄った。そうして京香の腰にしがみつくと顔を押しつける。

「つみき、ちゃんとご挨拶しなきゃ」

うんうん、といいながらも首は左右に揺れる。陽人も照れたように頭を揺らすと、鼻をひとすすりして、「つみき、元気でな」と立ち上がった。

京香が、「あ、こられたわ」というのにみなが振り返る。事務所の戸口に迎えにきた有働恵麻の姿があった。夏らしい真っ白な麻のワンピースだ。事務所の隅で、磯部とアルバイトの男子学生がなにやら内緒話をしているのが見える。どうせまた容姿について噂しているのだろう。

代表や弁護士らが迎えに出て、別れの言葉を交わす。恵麻が左右に視線を振るのを見て、

「あいにく副代表は打ち合わせで出ております」と夢良が答えた。

「行き違いになったことを残念に思われるでしょう」

京香がいうのに、恵麻は綺麗《きれい》な笑みを浮かべた。その笑みを見て、わざと予定よりも早く迎えにきた気がしたのは、夢良の思い過ごしだろうか。

恵麻は何度も礼をいい、事務所をあとにする。陽人がちぎれんばかりに手を振り、ついにつみきが泣き出した。京香が抱き上げ、キッズルームの窓へと運ぶ。玄関から出てきた陽人を見つけて、つみきがお兄ちゃんと呼ぶ。陽人が見上げて、また手を振る。

バイバーイといい交わす声がいつまでも続いた。

夢良は、ジュースのグラスを片づけながらテーブルの下にあるむら人形を拾う。

それから一時間ほどして貴久也が戻ってきた。

恵麻親子が挨拶をして帰ったというと、ちょっと残念そうな顔をして手元に視線を落とした。夢良がカウンターに身を乗り出して覗き見ると、手に大きな紙袋がある。

「なんですか？　もしかして陽人くんへのプレゼントですか」

「そうです」といってカウンターの上に置いた。「野球のグローブや靴などを揃えたのですが」というのに、夢良だけでなく磯部や他の弁護士まで苦笑する。

移動の日にそんな大荷物を持たされても困るだろうに、と思っても誰も口にはしない。

「わたしがあとで送っておきます」

夢良がいうのに、貴久也も、「ああ、その方がいいな」と笑った。

そして執務室に向かう前にキッズルームへと入る。京香と夢良がなんとなく目で追っていると、麻のオーダーメードのジャケットの内ポケットからリボンのついた小さな箱を取り出すのが見えた。京香と夢良が飛びつくようにして窓に張りつく。貴久也はカーペットに座るつみきの前に屈《かが》み込んで、箱を差し出していた。つみきが、にこっと笑って包み紙を開ける。

紺色のベルベットの四角いケースが出てきて、京香が眉間に皺を寄せるのがわかった。蓋《ふた》を開けて出てきたのは赤い石を散らしたテントウムシのブローチだ。

京香がずいとなかに入り、つみきから取り上げると睨むようにして見る。

「まさか本物じゃないですよね」

子ども用にしてはケースがやや重厚過ぎるようだが、と夢良もガラス越しに凝視する。

気づくと田塚や川久保らまで隣で覗き込んでいた。

「もちろんルビーですよ。小粒ばかりだから大したものではないですが」と平然と答える。

京香は怒ったような顔で、箱を貴久也の胸に押しつける。「いりません。なにを考えていらっしゃるんですか。こんな子どもに本物のルビーのブローチをつけさせてどうするんですか」

「つみきちゃんには、例の事件のとき、泣かないで頑張ったらご褒美を上げると約束したでしょう。陽人くんの機転ではありますが」

「それはわたしとの約束です」

京香は、つみきにシルバニアファミリーのひとつ、ショコラウサギの男の子を買ってやっていた。

「事務所の責任者として、つみきちゃんに迷惑をかけた謝罪の意味もあります」

「そうだとしても、これは分不相応です」

「小さなころから本物に触れておくのは大切なことでしょう。自身の知力や眼力を養うことにもなって、それは将来、必要となるものです」

「そんな将来があるとは思えません」

とにかくお返しします、いや彼女が決めることだ、といい合う。

夢良や川久保らはそっと窓から離れる。

磯部とアルバイトの学生が立ったままコーヒーを飲んでいる側まで行って腕を組んだ。

「ああ、まだるっこしいわぁ」と川久保がまずいう。

「あれでは、三星さんに伝わらないです」と夢良もため息を吐《つ》く。

思案顔の女性三人に磯部がそれぞれのカップにコーヒーを淹《い》れて差し出す。礼をいって受け取ったのを見て、磯部はなんの話？　と興味津々の顔つきで尋ねた。ええ、まあ、と川久保が適当にいなす。

「つみきちゃんの将来ってのは、遠回しが過ぎるわね」と田塚までが眼鏡の奥の目を細め、カップに口をつける。

「ホントよ。あんなんじゃいつまでたっても前に進まないわ」

「なに？　なんの話？」と磯部。

「困ったものだわ、ジュニアにも」

「誰か段取りした方がいいのかしら」

「あら、それもありだわね」

「わたし、雰囲気の良いお店を知っています」

「へえ、どこ？」

女性らがカップを手に歩き出すのを磯部は名残惜《なごりお》しそうに見送る。コーヒーをひと口飲んで顔をしかめ、「冷めちまった」と呟いた。

本書はハルキ文庫の書き下ろし作品です。

Haruki Bunko
ハルキ文庫

ま 17-2

三星《みつぼし》京香《きょうか》の殺人《さつじん》捜査《そうさ》

著者 松嶋《まつしま》智左《ちさ》

2023年8月18日第一刷発行

発行者 角川春樹

発行所 株式会社角川春樹事務所
〒102-0074 東京都千代田区九段南2-1-30 イタリア文化会館

電話 03(3263)5247(編集)
03(3263)5881(営業)

印刷・製本 中央精版印刷株式会社

フォーマット・デザイン 芦澤泰偉
表紙イラストレーション 門坂 流

ISBN978-4-7584-4587-0 C0193 ©2023 Matsushima Chisa Printed in Japan
http://www.kadokawaharuki.co.jp/[営業]
fanmail@kadokawaharuki.co.jp[編集] ご意見・ご感想をお寄せください。

二重標的《ダブルターゲット》 東京ベイエリア分署 [新装版]

今野 敏

若者ばかりが集まるライブハウスで、30代のホステスが殺された。
東京湾臨海署の安積警部補は、事件を追ううちに同時刻に発生した
別の事件との接点を発見する——。ベイエリア分署シリーズ。

硝子《ガラス》の殺人者 東京ベイエリア分署 [新装版]

今野 敏

東京湾岸で発見されたTV脚本家の絞殺死体。
だが、逮捕された暴力団員は黙秘を続けていた——。
安積警部補が、華やかなTV業界に渦巻く麻薬犯罪に挑む!

虚構の殺人者 東京ベイエリア分署 [新装版]

今野 敏

テレビ局プロデューサーの落下死体が発見された。
安積警部補たちは容疑者をあぶり出すが、
その人物には鉄壁のアリバイがあった……。

神南署安積班 [新装版]

今野 敏

神南署で信じられない噂が流れた。速水警部補が、
援助交際をしているというのだ。警察官としての生き様を描く9篇を収録。
大好評安積警部補シリーズ待望の文庫化。

警視庁神南署 [新装版]

今野 敏

渋谷で銀行員が少年たちに金を奪われる事件が起きた。
そして今度は複数の少年が何者かに襲われた。
巧妙に仕組まれた罠に、神南署の刑事たちが立ち向かう!

残照

今野 敏

台場で起きた少年刺殺事件に疑問を持った東京湾臨海署の
安積警部補は、交通機動隊とともに首都高最速の伝説のスカイラインを追う。
興奮の警察小説。（解説・長谷部史親）

陽炎 東京湾臨海署安積班

今野 敏

刑事、鑑識、科学特捜班。それぞれの男たちの捜査は、
事件の真相に辿り着けるのか？　ST青山と安積班の捜査を描いた、
『科学捜査』を含む新ベイエリア分署シリーズ、待望の文庫化。

最前線 東京湾臨海署安積班

今野 敏

お台場のテレビ局に出演予定の香港スターへ、暗殺予告が届いた。
不審船の密航者が暗殺犯の可能性が――。
新ベイエリア分署・安積班シリーズ、待望の文庫化！（解説・末國善己）

半夏生 東京湾臨海署安積班

今野 敏

外国人男性が原因不明の高熱を発し、死亡した。
やがて、本庁公安部が動き始める――。これはバイオテロなのか？
長篇警察小説。（解説・関口苑生）

花水木 東京湾臨海署安積班

今野 敏

東京湾臨海署に喧嘩の被害届が出された夜、
さらに、管内で殺人事件が発生した。二つの事件の意外な真相とは⁉
表題作他、四編を収録した安積班シリーズ。（解説・細谷正充）